Les Machiavels du climat

EdiLivre.com

Giémer

Les Machiavels du climat

Essai

Éditions EDILIVRE APARIS
75008 Paris – 2010

www.edilivre.com

Edilivre Éditions APARIS
56, rue de Londres – 75008 Paris
Tél. : 01 44 90 91 10 – Fax : 01 53 04 90 76 – mail : actualites@edilivre.com

ISBN : 978-2-8121-2844-8
Dépôt légal : Mars 2010

Si la réalité dépassait la fiction

A tous ceux qui cherchent à comprendre

Introduction

Niccolo Macchiavelli, en français **Nicolas Machiavel** (né le 3 mai 1469 à Florence, Italie, mort le 21 juin 1527 à Florence) est un penseur italien de la Renaissance, théoricien de la politique, de l'histoire et de la guerre.

Machiavel a donné en français naissance à plusieurs termes : « machiavélisme » et ses dérivés, qui font référence à une interprétation politicienne cynique de l'œuvre de Machiavel et « machiavélien » qui fait directement référence aux concepts développés par Machiavel dans son œuvre.

Le nom de *Macchiavelli* s'écrit avec 2 « c ». Au fur et à mesure des années, le second « c » a été perdu pour des raisons sans doute d'aisance typographique. On trouve différentes sources attestant de son nom d'origine et des œuvres auxquelles il a participé.

De nombreux philosophes ont étudié l'œuvre du penseur italien, certains lui ont trouvé une approche pragmatique des relations entre les types de gouvernances des Etats et leurs citoyens, notamment à cette époque la République Italienne.

Dans cet essai, l'esprit Machiael est utilisé dans le sens de la perfidie, de la manipulation et donc que la fin justifie n'importe quels moyens.

Nous ne sommes pas ici dans le concept de changement climatique du au réchauffement de la terre par les conséquences indirectes et induites de l'utilisation sans limite des énergies fossiles par les humains.

Mais dans des actions directes de l'homme sur le climat, par des actes sciemment pensés ou par des actions délibérément délictueuses.

Dans le formidable film documentaire « HOME » de Yann Artus Bertrand, il est dommage que dans la dernière partie, quelques phrases furent oubliées.

Notamment sur l'empreinte écologique de l'homme sur la planète, il eu été intéressant de rappeler le rapport (plus de 10) entre l'empreinte écologique des pays occidentaux et celui des pays sous développés.

Aujourd'hui en France une taxe carbone sur la consommation des énergies fossiles (pétrole, gaz, charbon) va nous être prélevée.

Pourquoi ne pas taxer le kilo de viande bovine dont la production mondiale représente la deuxième source de gaz à effet de serre après la production d'énergie ?

L'homme a toujours rêvé, tenté d'imiter et de dominer la nature.

Pour cela il a inventé des véhicules ayant des vitesses de déplacement supérieures aux animaux les plus rapides.

Pour se nourrir il a d'abord fabriqué des armes, aujourd'hui elles sont de plus en plus sophistiquées, non plus pour se nourrir, mais pour se défendre des autres hommes, voir les assujettir à ses propres intérêts.

Il a toujours rêvé de voler, il a inventé l'avion, comme Jules Verne il a voyagé et posé le pied sur la Lune, pour cela il a développé la fusée qui est aussi devenue un moyen de destruction massive planétaire avec ses ogives nucléaires.

Avec ses sous marins il veut aussi maitriser les espaces océaniques, comme le font les poissons et les grands cétacés.

Maintenant il essai de s'attaquer directement à la maitrise du climat.

Dans ce livre sont décrits les projets les plus ahurissants les uns que les autres, par manque d'informations précises sur leurs objectifs, leurs efficacités, toutes les hypothèses entourent ces travaux d'un halo de mystère probablement entretenu par les dirigeants des grandes puissances.

L'action de l'homme est aussi présente sous d'autres formes d'interventions directes, par exemple en provoquant des incendies (90% d'incendies dans le monde sont criminels).

Il en est de même pour la déforestation qui permet de lucratifs revenus à court terme.

Tout ceci concourt aussi au changement climatique, s'ajoutant à l'augmentation du CO_2 et donc au réchauffement de notre planète, avec les conséquences que l'on connaît.

Dans ces conclusions, j'essayerai de manière synthétique, de lever un coin du voile sur les mystérieux projets présentés.

Pluies Artificielles

La Chine a déclenché des pluies artificielles dans au moins sept provinces souffrant d'une sécheresse exceptionnelle, selon l'Administration météorologique de Chine (AMC).

Au total 2 392 obus et 409 fusées ont été lancés durant 127 opérations d'ensemencement des nuages jusqu'à 22h samedi, a indiqué l'AMC sur son site Internet.

Ces opérations ont été mises en œuvre dans les régions les plus touchées par la sécheresse, telles que le Henan, le Gansu, le Ningxia, le Shaanxi, le Shanxi, le Hubei et l'Anhui.

Dans le Henan (centre), les précipitations artificielles ont apporté une moyenne de 0,5 mm de pluie dans 17 districts et municipalités. Cette province, grande productrice de blé, souffre de la plus grave sécheresse depuis 50 ans.

Les régions ayant bénéficié de la pluie artificielle, ainsi que celle du Hebei (nord), ont enregistré de 1 à 5 mm de précipitations de samedi à dimanche matin, a indiqué le Centre météorologique national (CMN).

Dans la journée de dimanche, des nuages épais devaient couvrir des zones du Shaanxi, du Shanxi, du Henan et de l'Anhui, favorisant les mesures de déclenchement de pluies, a indiqué l'AMC.

Des pluies et de la neige doivent tomber dimanche et lundi sur des régions du nord-ouest, du sud-ouest et du centre de la Chine, selon les prévisions du CMN.

La Chine a déclaré le niveau d'urgence le plus élevé en réponse à la sécheresse exceptionnelle qui perdure depuis novembre dernier.

La sécheresse a déjà affecté 10,7 millions d'hectares de récoltes, 4,37 millions de personnes et 2,1 millions de têtes de bétail à travers le pays.

Interview de Viktor Petrov, physicien russe, pour l'émission Archimède sous-titrée « Faire la pluie et le beau temps », diffusée sur la chaîne européenne Arte le 20 novembre 2001.

Un orage d'été à Moscou. Les averses ou la grêle perturbent la circulation, mais elles peuvent aussi dévaster des régions entières. Dans le monde entier, des scientifiques mettent au point des techniques qui permettraient de réguler les précipitations. En Russie, ces recherches ont débuté dans les années 30.

Une forte chute de neige pose des problèmes et pas seulement dans les grandes agglomérations russes. Or les opérations de déneigement sont coûteuses.

D'après des experts russes, elles coûtent même plus cher qu'empêcher la neige de tomber en employant des techniques dites de protection météorologique.

A l'aide de produits chimiques, on disperse les nuages ou bien on les gèle pour empêcher qu'il pleuve. L'intervention s'effectue depuis un avion. En Russie, on utilise principalement de la glace sèche, de l'azote liquide ou de la poudre de ciment. De courageux pilotes volent, par mauvais temps, en plein milieu des nuages.

Viktor Petrov : « Cela a été nécessaire à Tchernobyl, par exemple. Dans un rayon de 30 kilomètres, nous avons détruit les nuages avec une poudre à forte dispersion, afin d'éviter les retombées. Mais dans la plupart des cas, nous poursuivons l'objectif inverse : nous augmentons la quantité de précipitation dans des régions où il ne pleut pas assez.

Notre technique actuelle d'intervention nous permet de provoquer jusqu'à deux fois plus de pluie par rapport à ce que les nuages produiraient naturellement. En moyenne, nous sommes capables d'augmenter les précipitations de 30%.

Mais nous avons déjà obtenu des résultats nettement supérieurs, comme en 1999 au Portugal. »

Malheureusement, cette technique ne fonctionne pas toujours.

Viktor Petrov : « Il n'est pas possible de maîtriser le comportement de n'importe quel nuage. Nos possibilités d'intervention dépendent beaucoup du stade de développement du nuage de sa microstructure et des caractéristiques de l'atmosphère.

Il faut donc mesurer toute une série de paramètres avant de préparer une intervention. »

On doit introduire les produits chimiques dans les nuages, au bon moment et au bon endroit. Les paramètres de navigation de l'appareil d'intervention sont donc importants. Tout comme les caractéristiques microphysiques du nuage : sa teneur en eau et en glace, sa transparence à la lumière et sa température.

Celle-ci doit être comprise au maximum entre moins 10 et moins 25 degrés Celsius.

Toutes ces mesures sont effectuées pendant que l'avion traverse les nuages. Les météorologues russes ont enregistré leurs premiers succès dans les années 1960, dans les domaines de la lutte contre la grêle, de la régulation des précipitations et de la dissolution des nuages.

Leur savoir-faire a même été mis à profit régulièrement par les autorités politiques, afin d'instaurer un temps agréable lors des diverses fêtes nationales socialistes de l'année. Personne en Union soviétique ne s'interrogeait vraiment sur les conséquences possibles de l'utilisation des produits chimiques.

On a ainsi travaillé à l'époque avec un composé du plomb qui pénétrait dans le sol avec la pluie. La glace sèche et l'azote, en revanche, sont inoffensifs pour l'environnement et l'azote liquide, en particulier, est très facile à utiliser. Tandis que la glace sèche est solide à partir de moins 78 degré Celsius, l'azote reste liquide jusqu'à moins 195 degrés. La vapeur d'eau qui entre en contact avec ce produit gèle immédiatement.

Dans les nuages ainsi traités se forment donc des cristaux de glace qui retombent sur terre sous la forme de pluie ou de neige, simplement parce qu'ils sont plus lourds que l'air.

Viktor Petrov : « Quand nous avons travaillé sur la multiplication artificielle des précipitations, nous avons rencontré le phénomène suivant : la possibilité de produire de la pluie à partir d'un nuage est limitée, c'est-à-dire qu'une période de précipitations est toujours suivie d'une période pendant laquelle le nuage se régénère.

Alors, il ne pleut plus, ou beaucoup moins. C'est dans cette phase que nous intervenons. Nous provoquons des précipitations avant qu'elles ne tombent sur le territoire à protéger. »

On peut ainsi décider quelles régions recevront les précipitations et lesquelles resteront sèches.

Viktor Petrov : « Voici l'élément chauffant et le tube à travers lequel s'échappe l'azote liquide. Puis, il y a naturellement un manomètre et les robinets qui permettent de réguler le débit.

Juste avant le décollage, on introduit ici ces barres chauffantes et on les relie aux écoutilles de décharge. L'azote liquide arrive alors dans le système de distribution à travers la trappe de sortie. »

L'azote liquide est projeté dans le nuage. Un autre produit est beaucoup plus réactif, l'iodure d'argent. Il transforme en cristaux de glace une quantité de vapeur d'eau nettement supérieure. L'iodure d'argent est projeté à partir de cartouches. Conséquence : le traitement des nuages s'effectue de manière optimale.

Viktor Petrov : « Le technicien derrière moi vérifie l'appareil qui projette l'iodure d'argent, dont la structure est identique à celle de la glace. C'est pourquoi des cristaux de glace peuvent se former sur des particules d'iodure d'argent.

L'azote liquide fait simplement geler la vapeur d'eau, mais l'iodure d'argent sert de germe artificiel pour la croissance des cristaux de glace.

L'eau présente dans le nuage s'ordonne donc autour des particules d'iodure d'argent. »

Personne ne connaît encore les risques associés à ces interventions. Peut-être faut-il dès lors se féliciter que, depuis la chute du socialisme et la disparition de ses fêtes rayonnantes, les autorités commandent beaucoup plus rarement le « Soleil » à Moscou.

Incendies de Forets

Exemple L'Indonésie

Catherine Wheeler

Un an environ après que les incendies qui ont ravagé l'Indonésie aient commencé à recouvrir la plus grande partie du Sud-Est asiatique d'une suffocante nappe de brume sèche, le coût total de cette catastrophe est encore inconnu.

Toutefois, une récente étude réalisée par le Centre de recherches pour le développement international (CRDI) dans le cadre du Programme d'économie environnementale pour l'Asie du Sud-Est (EEPSEA) et par le Fonds mondial pour la nature (WWF) fait état de pertes d'au moins 1,4 milliard de dollars US dans trois des pays les plus touchés.

Dans le cadre de cette étude, EEPSEA et le WWF ont mis leurs ressources en commun afin d'évaluer les dommages causés à court terme par la brume sèche, tant sur le plan de la santé humaine que de l'économie, en Indonésie, en Malaise et à Singapour.

L'équipe de chercheurs a eu des difficultés à obtenir, vérifier et rapprocher des données provenant de sources diverses sur les débuts d'incendie en Indonésie ; l'étude n'inclut donc pas d'estimation des dommages causés par le feu et la fumée.

Il est difficile d'évaluer les dommages actuels et futurs attribuables à cette catastrophe, notamment en ce qui a trait au manque à gagner qui pourrait s'ensuivre si les touristes et les investisseurs étrangers finissaient par associer la région à la pollution et décidaient de dépenser leurs devises fortes ailleurs. De même, les répercussions à long terme sur la santé, comme les risques accrus de cancer, sont impossibles à évaluer, car aucune étude n'a été menée sur les effets cumulatifs de l'exposition à la fumée à des niveaux insalubres.

Une infime partie de la réalité

Cette étude ne montre qu'une infime partie de la réalité, affirme Timothy Jessup, conseiller principal en politique du Programme pour l'Indonésie du WWF. L'ampleur des dommages reste à déterminer, mais les données que nous avons pu recueillir jusqu'ici ne nous en laissent rien découvrir.

En Indonésie, le brûlage est considéré comme un moyen économique de défricher la terre. On estime qu'environ 80 % des brûlages en 1997 ont été faits à l'initiative des grandes entreprises et 20 % ont été attribuables à des agriculteurs pratiquant la culture sur brûlis.

Les nappes de brume sèche qui en ont résulté ont réduit la visibilité à moins de 50 mètres dans la majorité des régions touchées. La visibilité réduite a entraîné la collision de deux navires et pourrait être à l'origine d'un écrasement d'avion qui a fait 300 morts.

Dans l'État du Sarawak, l'indice de pollution a plafonné pendant plusieurs jours. Tant à Singapour qu'à Kuala Lumpur, les arrivées touristiques ont considérablement diminué.

Dommages aux habitats

Quant aux dommages causés aux habitats, c'est l'Indonésie qui a connu les pires. Alimentés par la sécheresse et le défrichement non maîtrisé, les incendies qui ont ravagé les terres forestières et non forestières (y compris les parcs nationaux) ont fait rage pendant des semaines. Selon David Glover, directeur d'EEPSEA, on ne pourra sans doute pas connaître les effets réels des incendies sur la biodiversité avant plusieurs années, et certaines espèces pourraient même avoir disparu de quelques-unes des zones incendiées.

Les incendies pourraient entraîner l'extinction d'Indonésie des populations d'orang-outan, de rhinocéros et de tigres, qui diminuent chaque jour et qui sont déjà chassées de la plus grande partie de leur habitat naturel.

Pendant les incendies de 1997, environ 70 millions de personnes ont été forcées de respirer de l'air pollué 24 heures sur 24 pendant des semaines et même des mois. Au moins six personnes sont mortes à cause des effets nocifs directs, et un grand nombre ont dû être hospitalisé.

Les personnes les plus touchées ont été les petits exploitants agricoles les plus proches des zones d'incendie en Indonésie, ainsi que les habitants de

Kuching et de Miri, en Malaisie orientale. Les personnes des villes touchées souffrant de cardiopathie et de maladies respiratoires chroniques s'aventuraient rarement hors de chez elles.

Un milliard en dépenses de santé

En Indonésie, les dépenses de santé à court terme s'élèvent presque à 1 milliard de dollars US. Les ressources perdues en raison des incendies auraient pu être affectées à des services d'assainissement, d'approvisionnement en eau potable et d'épuration des eaux usées dont auraient pu bénéficier plus de 40 millions d'Indonésiens, soit environ le tiers des paysans pauvres du pays.

En Malaisie, le coût économique dépasse les 300 millions de dollars US, surtout à cause du manque à produire des industries et de la perte de revenus touristiques. Cette somme aurait pu financer tous les programmes sociaux des trois dernières années de l'État. Qui plus est, les dépenses de la Malaisie pour l'ensemencement des nuages (moyen peu fiable de provoquer la pluie) alors que le pays était envahi par des nappes de brume sèche auraient pu servir à l'établissement et à l'entretien pendant 15 ans d'un parc naturel de 320 hectares.

Diminution du tourisme

Singapour a enregistré des pertes de l'ordre de 75 millions de dollars US, attribuables en grande partie à la diminution de 10 % du flux de touristes entre les mois d'août et d'octobre.

Les revenus touristiques perdus auraient pu à eux seuls financer entièrement pendant trois ans la caisse commune de bienfaisance (qui regroupe 50 organismes œuvrant auprès de 180 000 personnes).

Tout compte fait, plus de 36 000 jours de travail ont été perdus en raison de la maladie. Les coûts conjugués des services médicaux à Singapour et en Malaisie représentent environ 18 millions de dollars US.

L'étude d'EEPSEA et du WWF recommande que l'Indonésie s'inspire de la politique de défrichement sans brûlage adoptée par la Malaisie, selon laquelle les ouvriers abattent les arbres avant de les tronçonner pour les mettre au rebut. L'étude recommande aussi d'améliorer la surveillance par satellite à titre de mesure complémentaire pour améliorer le signalement et la surveillance des incendies en milieu rural.

Ces deux solutions aideraient à créer des emplois dont la région a grandement besoin. En outre, les auteurs de l'étude demandent que soit resserrée l'application des règlements relatifs aux incendies afin que le gouvernement de l'Indonésie puisse regagner la confiance des investisseurs et des touristes et augmenter l'apport de devises étrangères.

Déforestation

Introduction

La déforestation génère chaque année 2 Gt de carbone.

Source : FAO

Faisant remarquer que la déforestation représente 25 pour cent de toutes les émissions de dioxyde de carbone (CO_2), un gaz à effet de serre dû aux activités humaines.

La FAO a proposé de fournir des données et conseils techniques aux pays qui ont participé à la Conférence des Nations Unies sur le changement climatique à Montréal, afin d'étudier des moyens de créer des attraits financiers pour réduire les pertes de forêts dans le monde en développement.

Exemple de déforestation illégale : FAO

Les dernières données de la FAO sur le rôle des forêts dans l'atténuation du changement climatique figurant dans notre récente « Évaluation des ressources forestières du monde » (FRA 2005) illustrent clairement la contribution des forêts à la lutte contre le réchauffement de la planète et l'aggravation du problème par la déforestation : a déclaré Dieter Schoene, du Département des forêts de la FAO.

Il existe un certain nombre de stratégies que les pays peuvent utiliser pour surveiller de près les réductions de la déforestation et l'accroissement du stockage du carbone, en particulier dans les pays tropicaux où les forêts sont essentielles pour éliminer le dioxyde de carbone de l'atmosphère : a-t-il ajouté. Cette comptabilisation serait cruciale pour tout programme visant à créer des incitations financières pour le stockage du carbone dans les pays en développement.

Emissions de deux milliards de tonnes de carbone chaque année à cause de la déforestation

Selon le rapport FRA 2005, les forêts du globe constituent un réservoir de 283 gigatonnes (Gt) de carbone ne serait-ce que dans leur biomasse, tandis que le carbone total stocké dans la biomasse, le bois mort, la litière et le sol réunis est supérieur d'environ 50 pour cent à la quantité présente dans l'atmosphère, soit un billion de tonnes.

Mais l'évaluation montre également que la destruction des forêts ne fait qu'ajouter près de 2 milliards de tonnes de carbone à l'atmosphère chaque année.

Déforestation illégale : FAO

Il est important d'empêcher ce carbone emmagasiné de s'échapper pour maintenir le bilan du carbone. C'est vital pour la sauvegarde de l'environnement : selon M. Schoene.

Pour l'ensemble de la planète, les stocks de carbone en biomasse forestière ont diminué d'au moins 1,1 Gt par an durant la période 2000-2005, compte tenu de la déforestation et de la dégradation des forêts, affirme l'Evaluation.

Le carbone de la biomasse forestière a reculé en Afrique, en Asie et en Amérique du Sud durant la période 1990-2005, mais a augmenté dans toutes les autres régions.

Ces pertes ont été en partie compensées par l'expansion des forêts (notamment des plantations) et par un accroissement des cultures sur pied par hectare dans certaines régions.

Mieux exploiter les forêts pour lutter contre le changement climatique

Exemple de déforestation illégale : FAO

Il faudrait non seulement empêcher la conversion des forêts à d'autres utilisations des terres, mais créer également de nouvelles réserves de carbone par l'extension des forêts (nouvelles plantations) et le reboisement (replantation des zones déboisées), affirme la FAO.

Les stocks de carbone dans la biomasse forestière sont les plus élevés par hectare en Afrique de l'Ouest et du Centre, ainsi qu'en Amérique centrale et du Sud, selon le FRA 2005.

En particulier sous les tropiques, où la croissance de la végétation est très rapide, ce qui accélère l'absorption du carbone de l'atmosphère, la plantation d'arbres peut absorber de grandes quantités de CO_2 en un laps de temps relativement court.

Dans ces régions, les forêts, grâce à leur biomasse et à leur bois, peuvent fixer jusqu'à 15 tonnes de carbone par hectare et par an.

La FAO et d'autres experts ont estimé que la rétention totale de carbone dérivant d'un recul de la déforestation, d'une repousse accrue des forêts et d'un accroissement de l'agroforestation et des plantations pourrait compenser environ 15 pour cent des émissions de carbone dues aux combustibles fossiles au cours des 50 prochaines années.

Déforestation
(Suite)

La déforestation est le phénomène de régression des surfaces couvertes de forêt. Elle résulte des actions de déboisement puis de défrichement, liées à l'extension des terres agricoles.

Elle résulte aussi d'une exploitation excessive ou anarchique de certaines essences forestières et de l'urbanisation.

Du fait de la tolérance de nombreux pays, comme le Brésil ou Madagascar, vis-à-vis du développement de l'agriculture en zones boisées, la déforestation actuelle concerne surtout les forêts tropicales. En 2005, elle a été qualifiée d'*« alarmante »* par la FAO.

La destruction de la forêt est responsable de 20% des émissions de gaz à effet de serre. C'est un des éléments importants qui causent le réchauffement climatique.

Déforestation brute : Selon la FAO, environ 13 millions d'hectares de forêts disparaissent annuellement sur Terre. C'est l'équivalent de la surface de l'Angleterre qui disparait annuellement, soit 1 terrain de football chaque seconde. C'est l'équivalent en surface de 86% de la forêt française qui disparaît ainsi chaque année.

La *« perte nette »* de forêt (qui tient compte des plantations d'arbres remplaçant les forêts) s'est élevée à 8,9 millions ha/an estimés entre 1990 et 2000, et à 7,3 millions d'hectares/an de 2000 à 2005 (une surface correspondant à celle du Sierra Leone ou de Panama).

Le rythme de la déforestation aurait donc légèrement diminué et correspond à une perte nette annuelle de 0,18% des forêts du monde.

Recul des forêts primaires : Sur la base des chiffres officiels envoyés par chaque états, le rapport *FRA 2005* de la FAO conclut que suite à la déforestation ou à des coupes sélectives.

Les plantations artificielles d'arbres ont encore augmenté, couvrant en 2005 près de 5% des superficies boisées du monde ; les forêts primaires ou *faiblement anthropisées* ne constituent plus en 2005 que 36% de la superficie forestière mondiale, continuant à disparaître ou être modifiée à raison de 6 millions d'hectares par an de 2000 à 2005.

Devenir des terrains : Une partie des coupes sera suivie d'une régénération forestière, souvent lente ou médiocre, une autre partie sera plantée d'arbres de rentes (eucalyptus, palmier à huile, hévéa, cacaoyer, théier, caféier..).

Mais en Amazonie, la plus grande partie est transformée en culture de soja et ailleurs en champs (Environ 75% des pertes forestières sont dues à l'expansion agricole). En zone tropicale, ces champs se dégradent rapidement, pour évoluer vers une savane ou la désertification.

Perte de biodiversité : Olfield suggérait en 1998 que près de 10 pour cent des espèces d'arbres connues, soit environ 7 000 espèces, sont menacées d'extinction à court ou moyen terme (essentiellement en zone tropicale), et pour chaque espèce, c'est une richesse génétique plus grande encore qui est perdue.

La déforestation est ancienne. Elle a commencé selon Williams dès la fin de la préhistoire, avec une nette corrélation spatiotemporelle entre recul des forêt et densité de la population humaine en zone tempérée, même si des populations assez denses ont aussi pu localement vivre dans la forêt sans la détruire, en zone tropicale (ex : amérindiens, populations d'Afrique noire et de l'actuelle Indonésie)

En Europe

Accumulation de bois en amont du Pont Charles de Prague, en 1872. Les fleuves ont été les principaux axes de transport du bois (en radeau), contribuant pour une part à la déforestation de zones situées très en amont au profit des villes, des forges et des fonderies.

Déforestation aux États-Unis de 1620 à 1992 :

La déforestation a accompagné l'homme presque partout où il s'est sédentarisé, l'agriculture restant encore aujourd'hui la principale cause de déforestation suivie de près par le besoin en bois de chauffage.

Elle est ancienne, les feux de défrichement y ont beaucoup contribué. Les haches de silex reconstituées par les préhistoriens se montrent très efficaces.

Mais c'est surtout le travail des bûcherons et scieurs du Moyen Âge, ainsi que les techniques de transport par flottage du bois qui ont fait reculer la forêt médiévale pour alimenter les forges, les cheminées, les fours, les charbonniers et la construction.

La déforestation menée en Europe durant le Moyen Âge afin d'étendre les terres agricoles, fit passer la France de Jules César, boisée à plus de 90% à moins de 15% à la fin du XIXe siècle.

En 1850, le défrichement gagne les pentes, jusqu'aux sommets de moyenne montagne. Rapidement les forêts de plaine des zones tempérées d'Asie et d'Europe se dégradent en de pauvres taillis et séparées par de nombreux kilomètres.

Déforestation et reboisement en France :

On estime qu'à l'époque de Vercingétorix, la France était couverte de forêts à plus de 90%, soit environ 400 000 kilomètres carré. Aujourd'hui seuls 23% sont boisés. Le taux de boisement augmente depuis plus d'un siècle, surtout en moyenne montagne et montagne, mais avec des forêts souvent moins naturelles et écologiquement fragmentées.

En France, Colbert (1619-1683) a donné un coût d'arrêt à la déforestation et ordonné la plantation de forêts pour la construction navale, mais les besoins en bois ont causé une exploitation soutenue de la forêt qui au début du 19e siècle, en tant qu'écosystème était presque totalement détruite.

Il a fallu de sévères mesures réglementaires (code forestier de 1827, et les grands reboisement du second Empire 1825-1880, et une loi sur la restauration des terrains de montagne (1860) pour changer ce que (Chateaubriand) qualifiait d'un « semblant de désert ».

Aux Amériques

Avant l'arrivée des Européens aux États-Unis, près de la moitié de la surface des États-Unis était couverte par une forêt primaire.

Même sur de fortes pentes, les cultures de thé et de café ont contribué au recul de la forêt (Malaisie)

Dans la seconde moitié du XXe siècle, les 3 grandes zones de déforestation active, par taille décroissante de surfaces concernées sont : l'Amazonie, l'Afrique équatoriale et la zone Malaisie/Indonésie en Asie.

Selon la FAO, c'est en Amérique du Sud que la *perte nette* de forêts a été la plus élevée de 2000 à 2005 (environ 4,3 millions d'hectares par an).

Les deux premiers pays destructeurs de forêts pour 2000-2005 sont :

1. Le Brésil, avec 3,1 millions ha/an détruits (0,6% de déforestation)

2. L'Indonésie, avec 1,8 millions ha/an détruits (2% de déforestation)

Près des deux tiers des forêts du monde sont concernées par une forte déforestation depuis deux siècles (le siècle étant un *« pas de temps »* court pour la reconstitution d'un écosystème forestier qui s'effectue sur plusieurs siècles, voire plus de 1000 ans sur les sols les plus difficiles), avec une aggravation du phénomène principalement dans 8 pays : Australie, Brésil, Chine, Inde, Indonésie, Fédération de Russie, Pérou, République démocratique du Congo. Les États-Unis et le Canada ont stabilisé la déforestation, mais la forêt y a souvent été très artificialisée.

Ailleurs, comme en Europe et au Japon, la forêt est stable ou gagne de la surface (en France notamment), mais elle perd de sa qualité en terme de biodiversité et surtout d'intégrité écologique, en particulier à cause de la fragmentation écologique par les routes et des plantations d'essences de rentes. Par ailleurs, ces derniers pays contribuent à la déforestation en étant parmi les premiers importateurs de bois tropicaux et de soja (cultivé à la place de forêts tropicales détruites).

Evolutions rapides et contradictoires :

À titre d'exemple, mi-2007, le ministère brésilien de l'environnement annonçait un « *net recul* » de la déforestation amazonienne d'un tiers au cours des douze mois précédents, pour retrouver un niveau plus bas (équivalent à celui depuis les années 1970), mais 6 mois plus tard.

L'Institut National Brésilien pour la Recherche Spatiale, concluait de l'analyse des images satellitaires que le rythme de la déforestation s'est à nouveau fortement accéléré les 6 derniers mois de 2007 en Amazonie, avec une perte d'au moins 3 200 km^2 d'août à décembre 2007. Les analyses provisoires donnent les pertes ci-dessous :

– déforestation mesurée en Août 2007, 243 Km^2.

– déforestation mesurée en Septembre 2007 : 611 Km^2.

– déforestation mesurée en Octobre 2007 : 457 Km^2.

– déforestation mesurée en Novembre 2007 : 974 Km^2.

– déforestation mesurée en Décembre 2007 : 948 Km^2.

C'est la 1ère fois qu'une déforestation si rapide est mesurée à cette période de l'année. L'explication en serait l'explosion de la demande en agro-carburants.

Les routes principales, puis secondaires, plus faciles que les fleuves sont les premiers axes de pénétration et de déforestation (ici en Amazonie). Les trouées suivent un motif caractéristique en « *arêtes de poisson* »

Activités humaines :

L'usage du sol :

– L'usage agricole du sol : 60% de la déforestation est due aux cultures sur brûlis, à son exploitation pendant deux ou trois ans, et à son abandon. Ces terres sont en effet très pauvres et subissent une importante érosion.

Après abandon, l'agriculteur recommence ailleurs, et ainsi de suite. Le soja est la principale culture concernée. Le surpâturage est également en cause : le bétail détruit la végétation et empêche sa régénération.

Les bœufs brésiliens, par exemple, empiètent de cette façon largement sur la forêt.

– Le défrichement des forêts naturelles et leur remplacement par des plantations mono spécifiques plus rentables provoque une perte considérable en biodiversité et fragilise la végétation (voir facteurs biotiques).

– Enfin, l'urbanisation, le mitage des zones naturelles, les travaux d'aménagement (remembrements parcellaires) et les infrastructures (autoroutes, chemins d'accès…).

L'exploitation des ressources minières (provoquant l'empoisonnement de la terre, avec les conséquences imaginables sur la végétation : la mine de Serra dos Carajás au Brésil a ainsi détruit 150 000 Km^2 de forêt) et les barrages hydroélectriques ont un fort impact sur les forêts.

L'exploitation non durable des ressources forestières et agricoles est bien entendu un autre problème grave. L'absence de plans de gestion à long terme entraîne la disparition des forêts : les entreprises forestières coupent à blanc sans soucis de reboisement, et aucune régénération naturelle n'est possible (voir conséquences : érosion des sols).

De plus, l'exploitation irréfléchie d'une parcelle abîme fortement la végétation alentour : ainsi, pour un arbre abattu 40 autres sont abîmés.

20% des déboisements en proviennent.

Le besoin en bois : la récolte de bois de feu dans les pays du Sud représente 56% de l'exploitation mondiale de bois. Ces prélèvements individuels, ponctuels et superficiels, provoquent donc ensemble de grands bouleversements.

Au Nord, les besoins en bois de construction et en papier alimentent le pillage des ressources forestières du Sud.

Les incendies dus à des débroussaillages, aux cultures sur brûlis, à la chasse, à la lutte contre des espèces « nuisibles », à l'élimination de déchets, au vandalisme, à l'inconscience ou au hasard peuvent détruire en quelques heures d'énormes superficies, comme ce fut le cas à Kalimantan (Bornéo) où 3.5 millions d'ha ont brûlé…

Les **pollutions** atmosphériques, de l'eau ou des sols (notamment par des produits phytosanitaires) peuvent s'étendre sur des régions entières et provoquer l'affaiblissement voire la mort de toute la végétation touchée, sans espoir de régénération même anthropique avant des dizaines d'années.

Le tourisme et une fréquentation trop importante freinent la régénération et tassent les sols.

Les guerres successives comme au Viêt Nam en 1973 où 22 000 km², soit 23% de la superficie boisée du pays, furent anéantis ont bien entendu une influence plus que néfaste.

Causes indirectes :

– Difficultés sociales, pauvreté.

– Explosion démographique.

Absence de réglementation au sein des pays concernés, qui découle de l'ignorance et du désintérêt des acteurs et des consommateurs.

Consommation importante dans les pays développés, de bétail ou de volaille, nourris par le soja cultivé au Brésil.

Consommation de mobilier en bois ne respectant pas une bonne gestion forestière.

Facteurs naturels :

L'éruption du Mont Saint Hellens provoqua la destruction de nombreux arbres.

Déforestation au Honduras, exacerbée par le cyclone Mitch d'octobre 1988

De nos jours, les facteurs naturels ayant une influence sur le couvert forestier sont :

Les maladies et les champignons sont aidés par la présence de cultures mono spécifiques, voire de cultures composées d'arbres clones. En effet lorsqu'un arbre est atteint tout le peuplement suit car chaque arbre dispose de la même vulnérabilité.

La graphiose de l'Orme (*Ceratocystis ulmi*) est ainsi responsable de la mort de la quasi-totalité des Ormes d'Europe durant les années 1980.

Les proliférations d'espèces comme les grands herbivores (favorisées par la disparition de leurs prédateurs) ou les insectes phytophages (favorisées par les cultures mono spécifiques et le réchauffement climatique) peuvent être extrêmement destructrices, comme au Québec où la Tordeuse des bourgeons de l'épinette a provoqué entre 1938 et 1958 la mort de 60% des sapins (Abies balsamea) et de 20% des épinettes (Picea glauca) bien que ces épidémies se produisent dans des forêts naturelles gigantesques et non dans des plantations monospécifiques.

En 1975, 35 millions d'hectares étaient touchés. Ces épidémies sont récurrentes en forêt boréale car elles sont sources de rajeunissement de la forêt mais on estime que le réchauffement de la planète pourrait accélérer ce processus.

Dans le Sud de la France, les années 2003-2006 ont été très chaudes et sèches provoquant des épidémies dévastatrices dans les peuplements d'épicéas communs. Les forestiers locaux estiment que l'épicéa, introduit dans le Sud Massif Central et dans les Pyrénées dans les années 1950-60, pourraient devenir un reliquat d'ici quelques années créant une pénurie de bois résineux dit « blancs » utiles pour la papeterie.

Les aléas climatiques

Sécheresse : qui crée des conditions favorables au développement des incendies.

Orages secs : qui créent avec leurs éclairs et vents induits des feux de forêts spectaculaires dans les forêts boréales (Canada, États-Unis, Sibérie Orientale et Nord de la Chine) ainsi que dans les forêts tropicales sèches lors de phénomènes macro-climatiques (El Nino en Indonésie).

La tempête de 1999 par exemple détruisit 160 millions m^3 de bois rien qu'en France.

Catastrophes naturelles : par exemple, l'éruption volcanique du mont Saint Hellens aux États-Unis, provoqua la destruction massive de plusieurs dizaines de kilomètres carrés de bois.

Facteurs humains :

Déforestation agricole sur les Monts Usambara (District du Lushoto, région Tanga, Tanzanie).

L'Homme contribue à la déforestation de nombreuses manières :

Plus localement, pour l'exploitation minière en plein air qui requiert des coupes « à blanc » et des zones de rejets d'eau polluée ou de *« stériles »*, ou suite à certaines techniques d'orpaillage.

Indirectement, suite à la part anthropique du réchauffement climatique (sécheresses qui provoquent des feux de forêt ou en aggravent les conséquences).

La part de responsabilité de l'exploitation du bois fait débat.

La contribution directe du marché international des bois tropicaux n'est pas dominante en terme d'impact direct en Amazonie, Asie et Afrique). Cependant ;

– quand on coupe un arbre de la forêt primaire, plusieurs centaines d'autres sont abîmés ou coupés pour y accéder.

– Il convient de distinguer l'exploitation forestière classique (sélective) des coupes de récupération (en cas de déforestation pour l'agriculture ou l'exploitation minière) qui sont en fait des coupes d'opportunité.

– les transformations de forêts primaires en boisements cultivés, parfois monospécifiques se sont poursuivies et même localement amplifiées (en Tasmanie par exemple) depuis le Sommet de Rio.

– Il faut tenir compte du fait qu'en zone tropicale, les dizaines de milliers de Kilomètres de pistes et routes forestières (et parfois les layons) deviennent des moyens de pénétrer plus loin et très facilement la forêt pour les chasseurs et les paysans pauvres qui brûleront la forêt pour la convertir en terre agricoles.

– des centaines de grands barrages hydroélectriques ont ennoyé des surfaces forestières écologiquement très riches, mais surtout, ils ont rendu les fleuves plus réguliers et facilement navigables (en noyant les *« sauts »*), facilitant l'accès aux zones éloignées de la forêt plus accessible, de même que les routes construites pour les construire et y accéder ou les coupes rases faites pour le passage des lignes haute tension.

Enfin, l'hélicoptère, le GPS, l'imagerie satellitaire et les progrès de la communication sans fil ont aussi localement facilité l'exploitation et la destruction illégale des forêts.

C'est *in fine* la conversion des forêts en surfaces agricoles qui est historiquement le premier facteur de déforestation des zones tropicales.

Cultures et/ou pâturages, sont financièrement plus productives et intéressantes que la forêt pour les paysans, même si l'on sait que les forêts sont indispensables à l'équilibre de la Nature et que la notion de *productivité* n'a pas de sens si elle fait abstraction des équilibres biologiques.

La situation est compliquée par l'absence de convention internationale sur la Forêt, le contrôle difficile des activités illégales en zones tropicales, l'existence d'un trafic facilité par la corruption, et par le fait que la déforestation peut à court terme donner l'impression d'améliorer la balance des paiements de pays pauvres par l'exportation, d'être source de taxes et revenus pour l'état ou des collectivités, en créant une activité économique nouvelle (emplois, revenus,…).

Quelques expériences d'agroforesterie incluant des élevages en milieu forestier ont lieu, dont en Forêt-Noire, comme cela se faisait en Europe au Moyen Âge. Reste à étudier les effets du sylvo-pastoralisme afin d'ajuster la densité du bétail et le temps de séjour à la capacité du milieu à se régénérer, car les vaches et chevaux (du *pacage*) sont souvent plus lourds et moins rustiques qu'au moyen âge.

Ils se frottent sur les troncs, mangent des écorces et les pousses, piétinent le sous-étage. Les porcs (*panage*) consomment une grande part des fructifications qu'ils trouvent, les champignons souterrains (truffe du cerf par exemple) et piétinent l'humus.

Les moutons éradiquent le sous-étage, mais ce sont les chèvres qui font le plus de dégâts, étant capables de détruire le peuplement forestier en écorçant les troncs et en montant aux arbres.

Au Liban et au Maroc, le sylvo-pastoralisme vieux de plusieurs millénaires est considéré comme la principale menace des dernières cédraies. Ces animaux peuvent ils jouer en forêt le rôle qu'y jouaient les grands mammifères de la préhistoire, alors que nous avons fait disparaître ou fortement régresser les grands prédateurs.

C'est une question que se posent les scientifiques. Tout est question d'équilibre !

Enfin, l'*Homo sapiens* se sent souvent biologiquement inadapté à la vie en forêt, milieu qui ne pourrait satisfaire qu'une petite partie de la population.

Le développement démographique de l'humanité a rendu une partie du défrichement nécessaire, donc justifiable, jusqu'à une certaine époque.

Mais de nos jours, la déforestation a de moins en moins de lien avec la nécessité d'installer des populations. On observe d'ailleurs un phénomène généralisé d'accroissement des populations urbaines et de diminution des populations rurales.

La première conséquence de la déforestation est la mise en péril de nombreuses espèces, parfois encore inconnues, par suite de la disparition de leur habitat naturel, et donc une diminution de la biodiversité.

Cependant, il convient de rester prudent sur les effets de la déforestation car l'extension des surfaces forestières comme celle de la déforestation ne sont pas des données scientifiquement établies et indiscutables.

En Amérique du Sud, notamment au Brésil, les populations locales sont menacées par la déforestation dans leur mode de vie traditionnel.

Les forêts tropicales humides émettent des quantités très importantes d'oxygène et absorbent beaucoup de CO_2, les déchets de matières organiques produisent également beaucoup de méthane (qui est aussi un gaz à effet de serre).

Ces écosystèmes complexes demanderaient à être préservés et mieux étudiés.

La destruction du couvert forestier entraîne aussi une aggravation de l'érosion des sols et la disparition de l'humus accumulé.

La déforestation au Brésil le long de l'Amazone provoque une baisse des apports en sédiments dans celui-ci, ce qui entraîne à terme l'assèchement des mangroves plusieurs milliers de kilomètres en aval du fleuve avec pour conséquences :

La disparition d'une biodiversité unique au monde ;

La disparition pour les indiens de leurs revenus du fait de la disparition de cet écosystème.

Conséquences climatiques :

La déforestation provoque une **modification du climat à l'échelle mondiale aussi bien qu'à l'échelle locale.**

Conséquences sur les climats locaux et microclimats : les arbres contribuent plus que le reste de la flore au phénomène d'évapotranspiration et par là de pluviométrie et condensation des rosées.

Ils sont source d'une hygrométrie locale vitale en zone tropicale. Leurs racines décolmatent les sols et peuvent aller chercher l'eau jusqu'à plusieurs dizaines de mètres de profondeur ou de distance. Ils jouent un rôle de coupe-vent et tempèrent les chocs thermiques.

Leur disparition perturbe le couple thermo-hygrométrique. Enfin, la forêt absorbe la lumière en rafraîchissant l'air par son évapotranspiration, là où le sol nu renvoie l'énergie du soleil vers l'atmosphère qu'il réchauffe et déshydrate (albédo).

La température ambiante moyenne peut localement augmenter de plus de 10 °C après une déforestation en zone tropicale. Ce réchauffement local modifie la pression atmosphérique, qui elle-même influe sur le déplacement des masses d'air et des cellules de tempêtes.

Les cycles pluviométriques sont donc modifiés à l'échelle mondiale, provoquant sécheresse et inondations anormales.

En termes globaux et d'effet de serre : La biomasse forestière emmagasinait de 1990 à 2005 environ 283 Gigatonnes (Gt), mais avec une diminution enregistrée à l'échelle mondiale de 1,1 Gt par an. La somme des stocks de carbone de la biomasse forestière, du bois-mort, de litière et de l'humus et du sol est environ le double du carbone présent dans toute l'atmosphère.

Si les forêts représentent 40% de la quantité de carbone de la biomasse sur Terre, on comprend que leur dégradation puisse faire doubler le taux de CO_2 de l'atmosphère.

Bien que les arbres absorbent jusqu'à 20 % de CO_2 en plus du fait même de l'augmentation du taux de CO_2 atmosphérique, la déforestation rejette 1,1 Gt de carbone chaque année. L'effet sur le réchauffement climatique est donc considérable.

Conséquences sur le sol, les milieux et la biodiversité :

Sols ; Les coupes à blanc exposent (notamment en zone tropicale) les sols aux rigueurs du climat : le lessivage par les pluies torrentielles, alors inutilisées et non-freinées par la végétation emporte l'humus et découvrant la roche-mère inhospitalière pour la végétation.

La régénération est freinée par le fait que la plupart des plantes tropicales sont sciaphiles (elles ne peuvent pousser qu'à l'ombre que procure une forêt).

La désertification menace 900 millions de personnes (dont 450 000 paysans dans le sud-ouest de Chine) et touche 3,5 milliards d'hectares, soit le quart des terres émergées.

Biodiversité : La déforestation cause la destruction d'habitats de milliers d'espèces animales et végétales, souvent condamnées à disparaître. Elle est aussi un facteur de fragmentation éco-paysagère qui diminue la résilience écologique des forêts.

Une évaluation porte à 3 le nombre d'espèces disparaissant ainsi chaque heure (soit 72/jour et 26 280/an).

La forêt est en effet le milieu terrestre qui abrite et nourrit le plus d'êtres vivants.

Eaux ; les forêts régulent le régime hydrique ; elles retiennent la majorité de l'eau de pluie qu'elles interceptent ou l'infiltrent en rechargeant la nappe phréatique (dix fois plus environ qu'une pâture ; elle même beaucoup plus efficace qu'un champ labouré).

L'eau est en partie et progressivement ensuite relâchée par évapotranspiration qui explique qu'il pleuve plus au dessus des forêts que des zones agricoles déforestées.

Le recul des forêts (surtout sur les pentes) favorisent les glissement de terrains, avalanches et coulées de boues, en augmentant la turbidité et la pollution des cours d'eau, au détriment de la flore aquatique, et de la faune piscicole, jusqu'à l'estuaire et au delà (Cf. zones mortes marines).

L'humus fixe dans ses complexes argilo-humiques de nombreux métaux lourds et polluants (dont eutrophisants naturels). Il limite le ruissellement et l'érosion, tout en favorisant l'infiltration vers les nappes.

Sa disparition aggrave les problèmes d'inondations, de sécheresse, et de pollution de l'eau.

L'eau filtrée par les forêts alluviales est épurée : 30 mètres de forêt riveraine retiennent la quasi totalité des nitrates agricoles. La déforestation augmente encore les problèmes de manque d'eau potable.

C'est pourquoi de nombreuses législations ont créés des forêts dites « de protection », théoriquement intouchables.

Dégâts physiques : La déforestation entraîne inexorablement des crues, inondations et coulées de boue de plus en plus coûteuses et dévastatrices. Les sédiments emportés et pollués lors de leur transport par l'eau doivent être coûteusement curés et posent des problèmes de gestion jusque dans les estuaires et en mer où elles exacerbent les phénomènes de zones mortes.

Cette eau qui ruisselle emporte avec elle le sol, qui se retrouve dans le lit et l'embouchure des rivières.

Le Rhône a ainsi perdu deux mètres de profondeur en amont de Lyon à cause de la déforestation des alpages de montagne et du labour excessif de son bassin versant.

La rivière encombrée étend donc son lit, aggravant encore les inondations et provoquant des coulées de boue meurtrières, comme ce fut le cas en Chine qui a compris à ses dépens l'utilité des forêts.

La déforestation en Chine est stoppée et des dizaines de milliers d'hectares sont reboisés, mais le problème a été simplement déplacé car la Chine est devenue un des plus grands importateurs de bois tropicaux et européens.

Conséquences pour l'Homme :

Le recul des ressources forestières, hydriques et piscicoles et l'avancée de la désertification provoquent :

Des cycles d'inondations et sécheresses nouveaux ou aggravés, qui causent des famines et des déplacements de population, lesquels occasionnent des troubles sociaux et politiques.

L'augmentation du nombre et des déplacements de « réfugiés climatiques » ainsi que le manque d'eau ou d'eau potable favorisent aussi la dissémination de maladies ou l'apparition de maladies émergeantes, avec éventuel risque d'épidémies voire de pandémie.

L'économie forestière, mais aussi rurale sont détruites là où la désertification ou les plantations industrielles suivent la déforestation. La déforestation au profit des cultures industrielles de soja ou de palmier à huile entraîne, outre un effondrement de la biodiversité, de graves problèmes sociaux et culturels.

Dans les pays où le tourisme est la principale source de revenus le recul de la forêt peut le compromettre.

Dégradation du cadre de vie et des fonctions immunitaires du paysage, disparition de patrimoines culturels liés à la forêt, et souvent la mort des populations autochtones : au vingtième siècle, au moins 90 tribus dépendantes de la forêt ont disparu avec leur langue, leur savoir et leur culture, au point que certains parlent de génocide.

Perte de ressources médicales et alimentaires inestimables, dont pour la science : 70% des plantes utiles contre le cancer par exemple se trouvent uniquement dans les forêts tropicales humides.

Plus d'un quart des médicaments prescrits aux U.S.A. sont dérivés de plantes des forêts tropicales.

De même, tout un potentiel d'aliments et de produits inconnus ou encore inutilisés est perdu.

Par les consommateurs :

Consommation de bois :

Pour utiliser du bois en évitant la consommation abusive d'essences menacées, il existe différents moyens :

1. Les bois éco-certifiés : des bois exotiques bénéficiant d'une éco-certification (PEFC, FSC...) garantissent une provenance de forêts dont la ressource est gérée de manière durable. Le boycott des bois exotiques non menacés pourrait ralentir le développement des pays concernés et paradoxalement provoquer un effet inverse : la forêt, devenue non rentable, serait défrichée et mise à disposition de l'agriculture.

Article connexe : Gestion durable des forêts.

Les bois naturellement durables : Il s'agit de choisir des bois locaux (dit aussi bois de pays ou essences indigènes) qui peuvent présenter une bonne durabilité naturelle (acacia, robinier (faux acacia), châtaignier, chêne, sapin de Douglas, mélèze, cèdre rouge (western red cedar)...).

Ils ne nécessitent pas de traitement particulier s'ils sont utilisés pour des applications définies (classe 1 = intérieur ; classe 2 = intérieur avec risque ponctuel d'humidification ; classe 3 = extérieur avec humidification temporaire sans contact avec le sol ; classe 4 = extérieur humidification permanente en contact avec le sol ; classe 5 = milieu marin immergé dans l'eau).

Les espèces menacées (voir l'inventaire CITES ou mieux, l'inventaire mondial de l'UICN) devraient être connues et boycottées.

Réduction de notre consommation de papier et de bois, recyclage et restauration du bois abîmé.

Consommation d'autres produits agricoles :

La culture du soja et des palmiers à huile est une des causes principales de déforestation. On peut contrôler la consommation de ces ingrédients car on les trouve dans de nombreux produits alimentaires ou alors ils sont utilisés pour la nourriture du bétail.

Par la société :

Les entreprises et les professionnels peuvent pratiquer une gestion durable du milieu en mettant en place des plans de gestion adaptés au long terme, en pratiquant le « Non Timber Forest Products » – c'est-à-dire la procédure permettant de récolter les produits forestiers (bois de feu, fruits…) sans couper les arbres – en plantant des haies (Le bénéfice en productivité peut aller de 25 à 100%), en augmentant les jachères en agriculture…

Les associations peuvent valoriser l'aspect social et environnemental des forêts, sensibiliser le public et les pays en voie de développement ou encore apporter d'autres formes d'énergie aux pays du Sud que le bois de chauffage.

La science peut améliorer nos connaissances actuelles en terme de protection naturelle des forêts contre les maladies, champignons ou insectes, elle peut apporter d'autres modes de gestion, créer des produits de substitution aux matériaux forestiers…

Par les États :

Restauration et reboisement des espaces forestiers détériorés (la régénération naturelle étant la meilleure solution).

Le classement de parcelles en réserves protégées (12% devraient l'être selon l'objectif fixé par la Conférence des Nations Unies sur l'Environnement et le Développement), parcs, forêts de protection etc. est primordiale.

La création et le maintien d'un réseau entre ces zones (corridors biologiques) est également importante. Des zones tampon autour des zones protégées (exploitation extensive) seraient également une bonne chose.

Les États peuvent encore participer aux plans d'action forestiers nationaux (PAFN) : il s'agit d'une collaboration internationale visant à une gestion idéale des forêts. Les permis d'exploitation doivent être plus restrictifs.

Les États doivent former et sensibiliser les professionnels agricoles et sylvicoles aux problèmes environnementaux. Ils doivent également fournir aide et assistance technique aux exploitants et aux propriétaires.

Les populations vivant en forêt doivent également être sensibilisées, en échange de quoi elles (et notamment les tribus indigènes) mériteraient d'obtenir les parcelles qu'elles occupent.

La création et la valorisation de fonds forestiers dédiés à la protection et à la gestion durable des forêts est un élément primordial dans la lutte contre la déforestation. Ces fonds aideraient les ONG et les pays en voie de développement, subventionneraient des reboisements et des outils de protection (contrôle des feux, réglementation, clôtures…) etc.

Respect des conventions signées : (Convention sur la diversité biologique, CITES, Convention pour la lutte contre la désertification, Accord international sur les bois tropicaux…).

Par les lois :

Lois sur les forêts : Mise en place et application d'un régime législatif forestier intégrant mieux la protection, la restauration et la gestion de l'environnement. C'était le projet du Sommet de la Terre en Juin 1992 à Rio, mais le projet de Convention mondiale s'est transformé en une déclaration de principes d'intention, faute d'entente entre les lobbies et les pays.

Application de la CITES : (convention internationale sur le commerce international d'espèces de faune et de flore menacées d'extinction) interdisant notamment le commerce d'arbres rares ou menacés.

Lutte contre l'exploitation clandestine : (FLEGT : Forest Law Enforcement Governance and Trade) et contrôle à l'importation, 15% du bois mondial est en effet illégal. Au Brésil par exemple, environ 80% du bois serait exploité clandestinement.

Les Guerres Climatiques

Un rapport rendu public évalue les risques de conflits engendrés par le changement climatique. Tour d'horizon des scénarios les plus inquiétants.

Des zones tempérées deviennent sèches, d'autres glaciales se transforment en paradis vert, tandis que cyclones et moussons se font plus violents. Le climat change. Et risque de devenir un « casus belli ».

Dans un rapport de 250 pages rendu public, des experts mandatés par l'Onu tentent de dresser un tableau de l'influence de ces changements sur la géopolitique mondiale dans les prochaines décennies.

La Méditerranée déstabilisée par le Nil ?

Les relations entre les Etats présent sur les rives du Nil pourraient dégénérer à l'horizon 2025. En cause, des réserves d'eau de plus en plus précieuses à mesure que la région se désertifie. L'Egypte possède une sérieuse réserve grâce au lac Nasser, mais les tensions dans cette région risquent l'escalade jusqu'à la guerre ouverte.

Le bassin méditerranéen pourrait être tout entier touché par les guerres du climat. Des conflits locaux sont probables en Afrique du Nord, tandis que l'Europe du Sud pourrait être touchée par une violence d'un autre type, engendrée par les tensions autour d'une immigration sud-nord grandissante.

Le rapport cite en exemple les émeutes en banlieue en France, en 2005.

Le pire scénario : le Sahel monte vers le Maghreb, qui monte vers l'Europe. Les pays européens rejoignent le projet « Forteresse Europe ». Les pays du Maghreb sont grassement payés pour endiguer le flux migratoire. Les réfugiés climatiques finissent par millions dans des camps au Sahara.

La guerre du pôle nord ?

Les prétentions bruyantes de la Russie, du Danemark, du Canada et d'autres états sur le pôle Nord font craindre des complications. Seule chance : les Etats qui se disputent la zone sont politiquement et économiquement stables.

Selon le rapport, la faible densité de population devrait éviter les dangers inhérents à la surpopulation humaine.

Mais les populations locales (4 millions de personnes) auront à souffrir de la fonte de la banquise et des glaciers.

L'Afrique en guerre perpétuelle ?

Les modèles climatiques pour le Sahel sont incertains. Les experts retiennent l'hypothèse pessimiste : les sécheresses, famines et guerres civiles, ne feront qu'empirer, favorisées par des Etats faibles.

Ces pays pourraient se disputer les accès aux côtes et aux ports. Plus au sud, le climat pourrait favoriser des mouvements de migrations internes, notamment des campagnes vers les villes. Plus qu'un conflit armé à grande échelle, c'est ici une tension sociale et ethnique extrême qu'il faut craindre.

Le pire scénario : après une dernière tentative de « révolution verte » en 2020, la moitié sud de l'Afrique sombre dans l'Anarchie. Les élites se réfugient dans des zones sous surveillance paramilitaire. Le reste de la région devient le terrain de jeu de seigneurs de la guerre.

Le grenier de l'Asie du Sud en péril ?

Très peuplé, le delta du Gange est menacé par la montée des eaux et les cyclones. Les habitants pourraient être forcés à émigrer vers des cieux plus cléments. Mais la zone fait aussi office de grenier de la région.

L'Inde sera menacée sur ses deux flancs, avec un Pakistan asséché à l'ouest, et un Bangladesh inondé à l'est. Deux facteurs qui ne pourront qu'accroitre les tensions religieuses de la zone.

Le pire scénario : la tension entre l'Inde et le Bangladesh augmente avec le flot de migrants. L'Inde accuse son voisin d'impuissance et finit par déclencher une « intervention humanitaire » qui a tous les airs d'une invasion.

Urbanisation galopante en Chine ?

Le phénomène est déjà bien entamé, mais les effets du climat risquent de l'intensifier. Les climatologues tablent sur une désertification du nord, et un sud martyrisé par les inondations et les glissements de terrain.

Les paysans devraient donc continuer à s'exiler en ville. « Le pouvoir chinois court le risque d'être écartelé entre ces défis environnementaux et la libéralisation politique et économique ».

Le pire scénario : En 2025, la côte est ravagée par les typhons et les inondations. Les réfugiés s'agglutinent dans le sud du pays et l'armée chinoise réprime les débordements dans le sang.

Les Caraïbes dans l'œil des cyclones ?

Aucun des états de la région, à l'exception des Etats-Unis et de Cuba, n'ont pour l'instant les moyens de faire face à l'intensification des tempêtes tropicales, qui menacent aussi l'industrie pétrolière.

Conséquence probable : une augmentation des flux migratoires vers les Etats-Unis, alors même que ceux-ci ferment leur frontière sud.

Ceux qui ne pourront pas la traverser iront s'entasser dans des villes où la violence explosera.

Le pire scénario : un ouragan de catégorie 6 dévaste Houston et son industrie des hydrocarbures. Les Etats-Unis tentent de limiter la hausse des prix en vendant leurs réserves, mais certains états profitent de cette faiblesse pour couper le robinet d'or noir. Les faucons s'agitent à Washington.

L'Amazonie condamnée ?

Les pays des Andes feront face à des pénuries d'eau potable, combinée à l'instabilité politique qui empêche toute vision à long terme. Autour du fleuve

Amazone, les perspectives sont sombres : la biodiversité semble condamnée.

Le Brésil devra également faire face à une crise agricole qui pourrait dégénérer en guerre pour le contrôle des terres arables.

Mangeons Mieux

Manger de la viande nuit à l'environnement. C'est la conclusion à laquelle parvient l'Organisation des Nations unies pour l'alimentation et l'agriculture (FAO) qui a rendu public, mercredi 29 novembre, un rapport consacré à l'impact écologique de l'élevage.

Celui-ci est *« un des premiers responsables des problèmes d'environnement »*, affirme un des auteurs, Henning Steinfeld.

Mesurée en équivalent CO_2, la contribution de l'élevage au réchauffement climatique est plus élevée que celle du secteur des transports. L'activité est responsable de 65 % des émissions d'hémioxyde d'azote, un gaz au potentiel de réchauffement global 296 fois plus élevé que celui du CO_2, essentiellement imputable au fumier.

De plus, le bétail produit 37 % des émissions de méthane liées aux activités humaines. Ce gaz, produit par le système digestif des ruminants, agit vingt-trois fois plus que le CO_2 sur le réchauffement.

Les pâturages occupent 30 % des surfaces émergées, alors que 33 % des terres arables sont utilisées pour produire l'alimentation du bétail et ces surfaces sont insuffisantes pour répondre à la demande, ce qui entraîne le défrichage de forêts. D'autres dégâts sont énumérés : 20 % des pâturages sont dégradés par une surexploitation entraînant le tassement et l'érosion du sol ; l'activité compte aussi *« parmi les plus nuisibles pour les ressources en eau »*.

La hausse du niveau de vie s'accompagne d'une consommation plus importante de viande et de produits laitiers. La production mondiale de viande devrait donc plus que doubler d'ici 2050, passant de 229 à 465 millions de tonnes.

Les auteurs du rapport rappellent que la viande constitue un apport en protéines primordial pour les populations mal nourries et que l'élevage fait vivre 1,3 milliard de personnes. *« Il s'agit souvent de la seule activité économique possible pour les populations pauvres »*, écrivent-ils.

Diverses pistes sont proposées pour limiter les dégâts de l'élevage, comme l'amélioration de l'alimentation animale. La FAO suggère que, en outre, cet impact pourrait être *« fortement diminué »* si *« la consommation excessive de produits animaux parmi les populations riches baissait »*.

Un Indien consomme en moyenne 5 kg de viande par an, contre 123 kg pour un Américain.

La Géo-ingénierie

La géo-ingénierie comme remède au réchauffement climatique ?

Pour contrer une catastrophe imminente, des équipes de scientifiques renommés, appuyés par des politiciens, ont conçu des projets de refroidissement artificiel de la Terre dignes de la science-fiction.

Toutes les études publiées récemment prévoient que le changement climatique annoncé voici plus de trente ans par plusieurs rapports officiels, est inéluctable et qu'il sera beaucoup plus rapide que prévu précédemment. Pour contrer une catastrophe imminente, des équipes de scientifiques renommés, appuyés par des politiciens, ont conçu des projets de refroidissement artificiel de la Terre dignes de la science-fiction, qui inquiètent de nombreux climatologues. L'expérimentation de certaines de ces nouvelles technologies pourrait avoir déjà commencé.

Le changement climatique s'emballe et pourrait devenir incontrôlable

Selon les dernières études officielles, le réchauffement global au cours du XXIe siècle sera compris entre 2 et 5°. Un changement radical pourrait survenir en une seule décennie. Cette éventualité est au centre des problèmes de sécurité aux USA. Un rapport du Pentagone (2003) prévoit des famines, des pandémies, des émeutes et des guerres pour l'appropriation des ressources naturelles.

Le réchauffement global est proche du point de non-retour, avertit le président du GIEC, qui ajoute qu'*il n'y a plus une minute à perdre... c'est l'avenir de l'humanité qui est en jeu.* Onze des douze années les plus chaudes enregistrées se situent au cours des douze dernières années. Selon James Hansen (NASA) prévient : *Si le réchauffement atteint au total deux ou trois degrés Celsius, nous verrons probablement des changements qui feront de la Terre une planète différente de celle que nous connaissons.* Nous ne subirions aujourd'hui que les prémices des catastrophes à venir, qui entraîneraient la migration de centaines de millions de réfugiés climatiques.

Les technologies de modification du temps : le marché prometteur de XXIe siècle ?

La *géoingénierie* est une technologie étroitement liée au secteur militaire dès son origine : les Etats-Unis investirent massivement dans ce domaine au début de la Guerre froide pour provoquer des sécheresses susceptibles d'anéantir les récoltes de leurs ennemis. Pendant la guerre du Viet-Nam, ils prolongèrent la saison des moussons en ensemençant les nuages à l'aide d'iodure d'argent pour détruire les cultures, empêcher le mouvement des troupes adverses et leur ravitaillement.

À la même époque, on commença d'utiliser la même technique dans le secteur agricole. À partir des années cinquante, les sociétés privées de modifications du temps se sont multipliées. La préoccupation actuelle du Bureau de modification du Temps chinois est de garantir un temps idéal pour les Jeux Olympiques de 2008. Le président Poutine se vante de préparer un soleil radieux lors de chaque grande manifestation officielle. Selon l'Organisation météorologique mondiale, plus de cent projets de modification artificielle du temps sont mis en œuvre aujourd'hui par plusieurs dizaines de pays.

La *géoingénierie globale* ou la manipulation climatique à l'échelle planétaire

Mais ces manipulations climatiques locales semblent très anodines comparées à celles qui sont à l'étude à l'échelle planétaire, notamment aux Etats-Unis. Depuis plusieurs années, les appels de scientifiques au recours aux technologies de modifications artificielles du climat se multiplient :

La politique actuelle sur le climat semble ne pas fonctionner. Nous ne disons pas que nous avons la baguette magique, mais c'est une situation désespérée et les gens devraient commencer à penser à des moyens non conventionnels. Des projets préventifs à grande échelle sont nécessaires (PR Schellhuber, The Guardian, 11 janvier 2004)

Dès 1997, Edward Teller (le père de la bombe H et l'un des plus ardents partisans de *La guerre des étoiles*) préconisait de créer autour de la terre un énorme bouclier chargé de détourner les rayons du soleil pour stabiliser le climat. Ce projet est né de l'observation des éruptions volcaniques, qui rejettent dans l'atmosphère des particules qui font chuter significativement la température terrestre pendant quelques semaines, voire plusieurs années.

Colin Powell a révélé en 2002 que les Etats-Unis étaient engagés *dans des actions pour satisfaire les défis environnementaux, y compris le changement climatique global*, précisant qu'ils avaient déjà investi *des milliards de dollars dans des technologies de pointe* beaucoup plus efficaces que les mesures préconisées par le protocole de Kyoto.

Selon le Centre national américain des recherches atmosphériques, le moyen le plus efficace de réduction du réchauffement global réside dans l'épandage par des avions de composés d'aérosols réfléchissant une partie des rayons solaires dans l'atmosphère.

Le marché de la géo-ingénierie est très prometteur, d'autant qu'un rapport officiel britannique a annoncé une récession économique « d'une ampleur catastrophique » si rien n'était rapidement engagé à l'échelle planétaire contre l'effet de serre.

Les dangers de l'application de ces projets sur le système climatique, l'environnement et la santé des êtres vivants

Hervé le Treut (CNRS) craint que *les aérosols modifient notre monde,* et rappelle qu'ils génèrent des pluies acides. *Le système climatique est très complexe et très fragile ; il fait intervenir notamment l'atmosphère, les océans, les continents et la biosphère.* Le recours à l'injection d'aérosols *provoquerait des réchauffements locaux en hiver dans certaines régions, le refroidissement se concentrant sur d'autres.*

Le PR Edouard Bard met en garde contre les effets collatéraux à l'échelle mondiale de ces techniques, qui ne sont soumises à aucune législation : *avec de tels dispositifs de géo-ingénierie globaux, ce n'est pas seulement l'atmosphère qui est en jeu, mais le système climatique dans son ensemble, c'est-à-dire un gigantesque jeu de dominos d'une grande complexité.*

Selon la NASA, l'aluminium et le baryum, deux produits très toxiques, seraient parmi les produits chimiques les plus utilisés lors des épandages. Or, l'aluminium est aujourd'hui reconnu comme facteur favorisant la maladie d'Alzheimer. Inhalés ou ingérés, les sels de baryum peuvent entraîner arythmies, troubles digestifs, asthénie et hypertension artérielle. Les tests effectués au Canada auraient révélé la présence de ce métal à des taux anormalement élevés dans l'eau de pluie.

D'une manière générale, l'augmentation des aérosols d'origines diverses en suspension dans l'air pourrait contribuer à la multiplication des cas de maladies respiratoires, d'allergies, d'irritations oculaires, de migraines, de symptômes grippaux sans fièvre, de pertes de mémoire et de confusion mentale, d'insomnies et de symptômes dépressifs dus à la baisse de la luminosité.

Des expérimentations pourraient être déjà en cours

Une polémique sévit actuellement sur Internet au sujet d'expérimentations climatiques secrètes qui seraient déjà menées depuis plus d'une décennie. Les tenants de la théorie des manipulations climatiques justifient leur point de vue par les observations de plus en plus fréquentes, dans le monde entier, de longues traces blanches persistantes laissées par des avions quadrillant le ciel. Les autorités interrogées répondent que ces tracés ne sont que des *contrails* (*tracés de condensation*) correspondant à la vapeur d'eau émise par les avions volant à très haute altitude et que l'augmentation de leur fréquence est due à l'intensification du trafic aérien.

Les tenants de la théorie des *chemtrails* (*tracés chimiques*) leur rétorquent que les contrails disparaissent au bout de quelques minutes, alors que les chemtrails peuvent persister pendant des heures ; ils s'élargissent pour former un voile laiteux, avant de se superposer et se métamorphoser en nuages de plus en plus épais et foncés, qui finissent par former une chape de plomb au-dessus de nos têtes. Ils affirment que les avions laissant ces traces persistantes sont à des altitudes trop basses pour laisser des contrails, qu'ils volent souvent en dehors des couloirs aériens et ont parfois des trajectoires anormales. En Amérique du Nord, des associations se sont créées pour lutter contre les épandages.

Le grand battage médiatique sur le réchauffement climatique, qui s'intensifie curieusement depuis plusieurs années au niveau mondial, pourrait notamment préparer l'opinion publique à l'inéluctabilité du recours à la géo-ingénierie. En mars 2005, le Sénat américain a voté une loi officialisant les manipulations climatiques.

Les applications militaires de la géo-ingénierie

Dès 1970, le conseiller à la sécurité de la Maison-Blanche avait prévu que *les techniques de modification du climat pourront être utilisées pour produire des périodes prolongées de sécheresse ou d'orage*. En 1977, alors que les Américains dépensaient des fortunes dans des recherches militaires sur les modifications climatiques, les Nations Unies votèrent la convention ENMOD qui interdit ces techniques à des fins *hostiles*.

Cependant, ni les Etats-Unis ni l'Union soviétique n'ont jamais cessé leurs recherches, alors que d'autres pays les développaient à leur tour. Un rapport de 1996 commandité par l'Air Force montre que les Etats-Unis ont prévu de *Maîtriser les conditions météorologiques en 2025*. Le PR Chossudovsky (université d'Ottawa) affirme que le changement climatique ne serait pas dû aux seuls gaz à effet de serre (GES), mais également aux manipulations effectuées par l'armée américaine. Selon lui, il est aisé de mettre sur le compte des GES les dégâts dus à ces expérimentations militaires clandestines. En février 1998, le Parlement européen a tenu une série d'auditions sur les effets néfastes possibles sur l'environnement de ces manipulations, déplorant le refus de l'administration américaine de répondre à ses questions. Le Groupe de recherche et d'information sur la paix et la sécurité (GRIP) indique que le concept de *guerre environnementale* fait bien partie du langage et des manuels militaires.

S'il est difficile de prouver que ces technologies sont déjà utilisées, que ce soit à des fins pacifiques ou militaires, le sujet fait l'objet de nombreux articles depuis les années quatre-vingt-dix dans la presse étrangère. Pour Business Week, « une technologie capable de contrôler les conditions atmosphériques serait une puissante arme militaire et politique ».

GIEC

Le Giec appelle à agir dès maintenant contre le réchauffement climatique.

Les hommes sont responsables du changement climatique et il est urgent de ralentir les dégâts commis par des phénomènes qui dureront plusieurs siècles, déclare un projet de rapport du Giec (Groupe d'experts intergouvernemental sur l'évolution du climat).

Pessimiste. C'est le sentiment que donne un document de 21 pages sur le réchauffement climatique, résumant un dossier de 3.000 pages dressé par 2.500 chercheurs, et publié par l'agence Reuters.

Le document commence par rappeler « des faits » scientifiques désormais irréfutables : hausse des températures, fonte des neiges et hausse du niveau des mers sont la preuve de la réalité du changement climatique.

Ces changements affectent de nombreux écosystèmes. L'essentiel de la hausse des températures est lié aux émissions de gaz à effet de serre, conséquence de l'activité humaine.

Le document est très alarmant sur l'avenir. Le Giec prévient : une hausse des gaz à effet de serre à un niveau équivalent ou supérieur au niveau actuel causerait un réchauffement encore plus accentué et aurait des effets au XXIe siècle plus marqués que ceux observés au XXe siècle.

Les estimations les plus précises sur le niveau du réchauffement tablent sur un intervalle allant de +1,8°C à +4 °Celsius pour le XXIe siècle.

Quant à la montée du niveau des mers, même si les émissions se stabilisent, il se poursuivra durant des siècles du fait du décalage dans le temps entre la cause et les effets au niveau océanique. Et il est très peu probable qu'on assiste à des changements majeurs liés à la modification des courants marins ou à la fonte des banquises au cours du XXIe siècle. La chaleur des eaux proches de la surface continuera à se diffuser aux couches profondes, qui se dilateront à mesure que leur température augmentera :

Ce seul phénomène pourrait engendrer une montée du niveau des mers de 40 cm à 3,70 m au cours des prochains siècles. Une estimation qui ne tient même pas compte de la fonte des glaciers et des banquises polaires.

Si ce document donne le sentiment d'une situation irrémédiable, il laisse des raisons d'espérer. Des solutions existent pour réduire ou retarder de nombreux effets du réchauffement, à condition bien sûr d'une adaptation des activités humaines.

Mais c'est maintenant qu'il faut agir : les efforts des 20 à 30 prochaines années seront déterminants sur la stabilisation à long terme du réchauffement climatique. Des technologies « propres », comme l'énergie solaire ou éolienne, sont déjà disponibles, et d'autres seront commercialisées dans les prochaines décennies.

Le scénario le plus strict, qui prévoit d'atteindre le pic des émissions mondiales dans les quinze prochaines années, n'entraînerait que 3% de baisse du PIB mondial, estime le Giec.

Toutefois, l'objectif de l'Union européenne de limiter la hausse des températures mondiales à 2°C au-dessus de son niveau pré industriel est presque hors d'atteinte, préviennent les chercheurs.

L'objet du document, dont la version définitive sera rendue publique, est de servir de guide aux gouvernements dans la lutte contre le réchauffement et ses effets.

A Vienne, un millier de délégués venus de 158 pays débattent cette semaine des lignes directrices du prochain protocole sur l'environnement, qui devra succéder à celui de Kyoto après 2012.

La participation ou non des Etats-Unis et de la Chine à ce nouveau code de conduite sera déterminant.

Armes Sismiques

Secrétaire à la Défense William Cohen, avril 1997. Conférence consacrée au contre-terrorisme organisée par le sénateur Sam Nunn. Propos rapportés au Département de la Défense (DoD). « Conférence sur le terrorisme. Armes de destruction massive et stratégie américaine. Université de Géorgie ». Athènes, 28 avril 1997.

D'autres terroristes sont engagés dans un type d'action « écologique » où ils peuvent altérer le climat, déclencher des tremblements de terre, des éruptions volcaniques en utilisant des ondes électromagnétiques.

Beaucoup d'esprits ingénieux travaillent actuellement pour imaginer des moyens de terroriser des nations entières. Tout ceci est réel et c'est la raison pour laquelle nous avons intensifiés nos efforts dans la guerre contre les terroristes.

Traduction en clair : On sait que tout cela fonctionne puisque nous l'expérimentons de longue date. Les moyens technologiques à mettre en œuvre restent abordables et sans commune mesure avec un effort de nucléarisation.

On remarquera la mention des tremblements de terre et du déclenchement d'éruptions volcaniques. Cela peut paraître fou, mais finalement une cause minime, bien localisée, peut engendrer un cataclysme si celui-ci est prêt à se déclencher. Les tremblements de terre sont liés à des glissements de plaques, le long de failles. On sait qu'un tremblement de terre se produira inéluctablement le long de la faille San Andreas, en Californie et que ses effets seront dévastateurs. On ne sait pas quand ceci se produira, ce qui revient aussi à dire qu'on ne connait pas a priori l'énergie qui suffirait à déclencher le phénomène. Plus le claquement est proche et plus cette énergie sera faible. La technique permet d'agir dans les couches profondes du sol avec des ondes électromagnétiques. Les Russes avaient construit un énorme générateur appelé « Pamir » dans les années soixante dix, dont les photos sont montrées en 1983 à Chicago, lors d'un congrès de MHD (magnétohydrodynamique), qui pouvait être transporté sur un gros camion. C'était une des nombreuses variantes du générateur de Sakharov, à compression de flux. Celui-ci avait la forme d'une boite de camembert de six mètres de diamètre. Ces générateurs, dont on su par la suite qu'ils équipaient les canons électromagnétiques installés au sol par les Russes s'appellent également des *générateurs de Pavloski*.

Leur fonctionnement, par « compression de flux » est analogue au système MK1 de Sakharov que tout le monde commence à connaître maintenant. On met à feu, au centre, un explosif chimique qui interagit avec un puissant solénoïde (pour le spécialiste : en régime de nombre de Reynolds magnétique élevé).

Ce système « permettait de faire circuler de forts courants électriques dans le sol ». Officiellement le dispositif était présenté comme un système d'analyse de la situation d'un terrain en mesurant sur le grandes distances et à grande profondeur la conductivité électrique du sol.

On sait maintenant qu'une variation de cette conductivité est le signe de l'imminence d'un tremblement de terre. En 1983 à Chicago, les responsables russes de ce projet, anciens élèves de Vélikhov, eux même élèves de Sakharov, démontrent qu'un tel système pouvait permettre non seulement d'étudier la situation pré-sismique d'un terrain mais éventuellement de déclencher le séisme. Ainsi « l'étude géophysique » constituait-elle le « projet-écran » cachant la véritable finalité de cette technologie, inimaginable par un non-spécialiste.

Physiquement parlant ces systèmes permettent des *transferts d'énergie*. L'énergie de départ reste celle de l'explosif qui alimente le générateur Pamir. Ce système permet de transporter par ce biais des ondes électromagnétiques une part de cette énergie à grande profondeur. Si la faille n'est pas prête à céder, il faudrait une énergie importante pour déclencher le séisme. Le système, utilisé avec modération, peut permettre de tester le terrain, un peu comme quand vous donnez de légères impulsions sur un bloc en équilibre pour voir s'il est prêt à glisser dans un ravin. Des militaires géophysiciens peuvent ainsi localiser en secret de par le monde, dans des territoires potentiellement « hostiles » ou « devant être mis au pas » des « régions sensibles » où une action plus musclée pourrait déclencher un séisme dévastateur. Pour déclencher le séisme il suffit alors de modifier par chauffage la nature du terrain en un point qui sert de « retenue » dans la faille, de « verrou ». On provoque alors le claquage.

mars 2006 :

Fin février 2006 une émission a été diffusée, intitulée « les colères du climat ». Dans celle-ci on passe en revue les différentes catastrophes survenues depuis 2002.

Noël 2005 :

Le Tsunami a atteint et ravagé toute une partie des cotes Indonésiennes, de Thaïlande et bien d'autres pays. **Bizarrement la base Américaine Diego Garcia située sur une île dans l'océan Indien et l'Afrique n'a subie aucuns dégâts.**

Quelques mois plus tard, le tremblement de terre au Pakistan qui fit des dizaines de milliers de morts.

Janvier 2010 :

Le tremblement de terre de Port Au Prince, en Haïti qui détruit toute la ville et fit plusieurs centaines de milliers de morts. **Ce séisme de magnitude 7 se trouve situé face à la pointe sud de Cuba, la ou se trouve la base Américaine de Guatanamo. Y aurait-il du pétrole en dessous ?**

Un géologue américain a suggéré que le phénomène des tremblements de terre pouvait être déclenche par les marées terrestres liées à l'influence de la Lune. Une précision : le défilement apparent de la Lune, lié à la rotation de la Terre induit une marée terrestre de l'ordre de 30 à 50 cm.

La distance Terre-Lune n'est pas constante. L'effet de marée varie en $1/r^3$. Distance max : 407.000 km. Distance mini : 365.000 km.

DF/F = - 3 Dr/r.

Résultat des courses : une variation de l'effet de marée de 30 % ce qui n'est pas rien.

L'effet est accentué quand le satellite et le soleil sont alignés. Si la Lune éclipse le Soleil et se trouve de plus au périgée, l'effet est maximal. Le bonhomme a donc prédit un certain nombre de séismes dont certains se sont effectivement déclenchés. Par exemple le dernier séisme important à San Francisco. Il a été interdit de médias et d'université étant donné les paniques qu'il pouvait créer à chacune de ses prédictions.

Effet : éclipse du soleil par la lune plus position de la Lune à son périgée : flux migratoires. Simple remarque, mais remarque logique quand même.

Même remarque faite au cours de l'émission : le fait que le système de plaques tectoniques puisse répercuter des phénomènes à très grande distance, y compris en différé. Tout simplement « parce qu'on ne sait pas comment ça marche ». Tout à fait possible.

Plus haut ai évoqué la conférence aux USA des Russes qui avaient montré, lors du colloque sur les MHD (magnétohydrodynamique) au début des années quatre vingt des photos d'une étrange machine en forme de gros camembert, monté sur un camion. Les réalisateurs de l'émission ont montré des photos de cette machine, baptisée « earthquake machine » et diffusé un film de son fonctionnement.

Dans le film apparaissent fugitivement des images avec du texte. En écarquillant bien les yeux on peut identifier ses différents composants. Il y a quatre éléments identiques, accolés pour former une batterie. Les dispositifs circulaires sont des solénoïdes. A droite, quatre fusées à combustible solide, vraisemblablement dopées au césium ou au sodium (substances dotées d'un bas potentiel d'ionisation).

Cette batterie de fusées est nommée « générateur de plasma ».

Le fonctionnement est bref : moins de cinq secondes, ce qui autorise de fortes températures de combustion, peut être supérieures à 3000° voir 3900°.

Ces quatre chambres de combustion crachent dans des générateurs de Faraday, linéaires, non visibles, puis les jets sont dirigés dans l'atmosphère.

Le mode de fixation de l'ensemble est sur une « platine » destinée à être montée sur un support mobile, en l'occurrence un gros camion. Les parties droites montrent les culées sur lesquelles ces trois « propulseurs » poussent.

Les poussées unitaires de ces systèmes doivent être un peu inférieures à dix tonnes chacune, ce qui requiert une fixation solide et le fait que ces jets soient dirigés vers le haut.

Quand on regarde le film on note une éjection de gaz chaud, au niveau des chambres, juste avant l'arrêt. Ceci correspond à l'ouverture de « trappes » qui créent une fuite de gaz dans les chambres, qui font tomber la pression et provoquent l'arrêt de la combustion. Et cela avant que tout le propergol solide ne soit brûlé. La couche résiduelle d'imbrûlé joue ainsi le rôle d'isolant thermique. Lorsque la pression chute, la température en fait autant et la combustion s'arrête.

Générateur de Pawlosky : début de combustion

Le profil des camemberts indique sans ambigüité qu'il s'agit d'un générateur électrique.

Pourquoi cette forme en camembert ?

Il s'agit d'énormes solénoïdes, non-supraconducteurs, faits de simple cuivre rouge qui sont au départ alimenté par la décharge d'une batterie de condensateurs. On voit cette batterie à gauche d'une installation Pamir-2

Installation au sol : Le banc de condensateurs pour l'excitation initiale

Le générateur de Faraday fonctionne alors en régime d'auto-excitation, au sens où le courant produit est en grande partie dérivé vers les solénoïdes, en renforçant le champ inducteur, dont le champ électromoteur V B.

La valeur du champ magnétique atteinte est assez élevée ce qui entraîne des forces considérables, capables de faire éclater les bobines. Celles-ci sont dessinées de manière à présenter une résistance maximale, c'est-à-dire circulaires.

Même pendant des temps de fonctionnement aussi brefs, ces solénoïdes, parcourus par des courants importants dégagent pas mal de calories.

Ces camemberts doivent non seulement encaisser l'effort mais se comporter en puits de chaleur. La tuyère MHD (magnétohydrodynamique), linéaire, à électrodes continues joue aussi le rôle de puits de chaleur.

Le générateur en pleine action :

La lueur produite permet de mieux discerner la structure métallique située près de l'avant du camion.

C’est comme un « derrick » qui permet, avant essai, de creuser des puits verticaux dans lesquels resteront à demeure non pas des tubes mais des tarières pleines, en simple ferraille, qui serviront d’électrodes en allant appliquer la tension électrique sans perte de charge dans des couches situées à une profondeur qui pourrait aller jusqu’à plusieurs centaines de mètres.

Avant essai, le camion se comporte comme un dispositif mobile de forage et son puissant moteur pourrait alors mettre en mouvement le trépan.

Dans le film on voit un schéma qu’on peut tenter de décoder. La décharge semble injectée dans une fissuration horizontale, correspondant vraisemblablement à une couche aquifère. Le passage du courant vaporise cette eau et produit un effet de soulèvement de la couche. Si on suit le schéma indiqué, ce mouvement vise à décoincer une plaque jointe par une fissure verticale, le long de laquelle s’exercent des forces de cisaillement.

Ce glissement des plaques peut alors lui-même se propager à grande distance (ondes de cisaillement) et déclencher un séisme bien au delà de la zone sollicitée.

Aux USA les Russes avaient présenté cette machine comme « un système permettant de mesurer la conductivité électrique du sol » en ajoutant « qu’une variation de conductivité pouvait être le signe annonciateur d’un séisme imminent ».

Comme « instrument de mesure » cela semblait quand même assez brutal. Un instrument de mesure n’a pas besoin de fonctionner pendant 5 à 10 secondes.

Instrument de mesure ?

Il semble tout à fait logique que des paramètres physiques, électromagnétiques du sous-sol d'une région puissent être modifiés à l'approche imminente d'un tremblement de terre. Il serait alors logique de disposer tout autour d'une région à risque des capteurs soit passifs (mesure de champs électriques) ou actifs (mesure de conductivité électrique du sous-sol, de permittivité, etc..).

Mais dans le second cas il semble superflu de mettre en jeu de telles intensités pendant autant de temps. Les méthodes de mesure, agissant de plus pendant de brèves durées et mettant en jeu des énergies infimes seraient incapables de provoquer le moindre phénomène, y compris un « micro séisme ».

En tant qu'instrument de « géophysique » ce générateur MHD (magnétohydrodynamique) n'est pas un instrument de mesure, mais bel et bien un instrument *permettant d'agir sur l'environnement souterrain.*

Dans le film, cette « earthquake machine » est présentée comme susceptible de soulager des tensions en créant des « micro – séismes ». Cela part alors d'un excellent sentiment, mais comme le fait remarquer un commentateur dans le film « quand on joue avec Dame Nature on ne sait jamais très bien jusqu'où cela peut aller ».

Le film évoque un effet allant jusqu'à 50 km de profondeur. On parle de sortes « d'impacts de foudre ».

Différentes remarques :

Enregistrement de l'amplitude de la puissance, en fonction du temps. En abscisse : les secondes, en ordonnée les mégawatts.

– Une puissance, si lentement variable dans le temps, n'est pas a priori susceptible de générer des ondes.

– Si on table sur l'effet primaire, inducteur, le courant et le dégagement de vapeur par effet Joule peuvent se localiser dans des fissures traversant la roche, un peu n'importe où.

– Si la machine crée réellement une amorce de glissement, ceci peut se propager à des distances et à des profondeurs a priori non limitées. Simples relâchements de tensions, en cascade, avec propagation de proche en proche.

En conclusion la machine Pamir pourrait très bien s'avérer capable de créer des séismes, y compris des séismes importants. L'importance ne dépend pas de la machine mais de la quantité d'énergie stockée dans la faille, par suite d'un glissement, accumulée au fil de siècles ou de millénaires.

Le film diffusé à la télévision avance l'idée que cette machine aurait été « vendue aux américains » et que « personne ne sait ce qu'elle serait devenue ».

Ça c'est un peu de l'invention de journaliste. La vérité est plus simple. Ces études ont données lieu à un contrat et à une collaboration entre l'Institut des hautes Températures de Moscou et l'Air Force, c'est tout.

On trouve une description et des données techniques concernant ces générateurs sur Internet. Ils peuvent être utilisés comme source de puissance pendant une durée limitée (jusqu'à 10 secondes) et alimenter par exemple des armes à énergie dirigée implantées au sol, par exemple des lasers. Apparemment chaque camembert peut développer 5 mégawatts ce qui représenterait une vingtaine de mégawatts pour une installation à quatre unités accolées.

Ce système pèse 12 tonnes. Les tuyères crachent sous un angle de 19°. L'ensemencement est bien obtenu avec du nitrate de césium (10 % de la charge du propergol solide). La puissance thermique dégagée est de 600 MW. La température dans les chambres de combustion est de 3900° K ce qui permet au plasma d'avoir une bonne conductivité électrique (50-60 Mhos/m) en dépit d'un fonctionnement à l'équilibre thermodynamique. Etant donnée la valeur élevée du champ magnétique on impose une pression forte, de trente bars, dans la tuyère MHD pour reste en régime de paramètre de Hall faible. Cette forte pression dans la section MHD (magnétohydrodynamique) est confirmée par la forme conique du jet, à l'air libre.

En sortie la température du plasma atteint encore 3000°. Le générateur peut délivrer quinze à vingt cinq mille ampères sous une tension de l'ordre du kilovolt. Les électrodes en graphite sont remplacées à chaque essai. Il semble que les solénoïdes, dotés de 64 enroulements parviennent à développer plusieurs teslas. 4,8 T au maximum. Toute la machine fait puits de chaleur et se refroidit naturellement après chaque tir.

mars 2006 : Quand la réalité dépasse la fiction

Nous avons compris, en 2006 le système qui permettait d'utiliser un générateur MHD (magnétohydrodynamique) impulsionnel (fonctionnant de 5 à 10 secondes, qui existe depuis un demi-siècle), utilisé pour vaporiser l'eau d'une nappe phréatique à proximité d'une faille « transformante » pour en faire une arme sismique. C'est une technologie relativement rustique, dont nous avons décrit les grandes lignes, qui fait peur.

Réfléchissons. Ce système pourrait parfaitement être appliqué au fond des mers. Modifier un sous-marin en conséquence ne pose aucun problème technique. Ce même sous-marin pourrait avoir une allure très « banalisée ». Les moteurs fusées utilisés, à propergol solide fonctionnent très bien dans l'eau et sous pression. Trente bars correspondent à 300 mètres de profondeur. Il serait ainsi parfaitement possible de mettre en œuvre un générateur du type Pamir au voisinage d'une faille et loin des côtes. Son fonctionnement ne serait pas détecté en surface.

L'activité tectonique se prolonge sous la mer. Prenons par exemple l'Islande. Elle est parcourue par une faille orientée sud-sud ouest-Nord-nord est qui prolonge la faille de la dorsale médio-océanique. Cette région du globe est le siège de très fortes tensions tectonique. On pourrait dire qu'il serait relativement facile de déclencher un séisme en Islande en agissant au voisinage de la côte, en suivant le prolongement sous-marin de la faille.

Mise en place d'une arme sismique à proximité des côtes :

Ajoutons qu'aux profondeurs envisagées : cent, deux cent, trois cent mètres, la mise en œuvre de plongeurs autonomes sortant du sous-marin puis réintégrant une « chambre de saturation » ne pose aucun problème. De telles interventions sont courantes à proximité des plates formes pétrolières off shore. Nous découvrons ainsi une nouvelle forme de guerre discrète (silent war) où affaiblir un adversaire peut consister à créer chez lui des « phénomènes naturels » qui pourraient, avec des moyens étonnements modestes, créer chez lui des effets destructeurs, à grande distance, et même en différé.

Quitte à proposer ensuite son « aide humanitaire », opération permettant éventuellement de reprendre un pays complètement en main (Haïti ?).

Tout cela à l'air tellement simple et logique qu'on peut réellement se demander si cela n'aurait pas déjà été mis en œuvre.

Ici on a évoqué un effecteur qui consiste à porter à ébullition l'eau d'une nappe aquifère, située soit sous la surface terrestre, soit sous le plancher océanique, l'énergie étant apportée par un générateur MHD (magnétohydrodynamique). C'est astucieux et potentiellement efficace. On utilise ainsi la vapeur comme « vérin ». Mais il y a d'autres façons de créer des chocs susceptibles de déclencher des séismes en opérant à proximité de failles, comme par exemple de forer discrètement puis de faire détoner une charge nucléaire enfouie à une certaine profondeur. On pense en particulier à des actions menées à proximité de côtes « sensibles ».

Retour au texte de 2003 :

Même remarque concernant un possible déclenchement du volcanisme. La philosophie est la même : apporter de l'énergie en profondeur. Avant de penser à un volcan regardons comment fonctionne un geyser.

Le mot geyser vient de la localité geyser, en Islande, où ceux-ci sont nombreux.

Un geyser est une colonne qui plonge dans les profondeurs de la terre à un endroit où se trouve une source de chaleur. En Islande la chaleur est partout. Cette colonne est remplie d'eau. Très souvent elle affleure dans une vasque plus ou moins importante.

On est surpris de découvrir que cette eau est teintée en vert par des bactéries qui vivent dedans en « consommant cette énergie » et non pas l'énergie du soleil. On ne sait d'ailleurs pas très bien si la vie terrestre ne serait pas née dans ces conditions qui nous paraissent insupportables. Toujours est-il que ces bactéries meurent si la température tombe au dessous d'un certain seuil, peut être quatre vingt ou quatre vingt dix degrés.

En tout point de la colonne l'eau est proche de l'ébullition. Plus la pression est élevée et plus haute est la température à laquelle de l'eau peut se maintenir à l'état liquide, et vice-versa.

Tous les montagnards savent comme il est difficile de faire cuire des pâtes en haute montagne, simplement parce que la basse pression liée à l'altitude diminue la température d'ébullition et que même dans de l'eau bouillante on a du mal à provoquer les réactions chimiques de la cuisson de l'aliment à cause de cela. Dans la colonne d'eau du geyser la température croît avec la profondeur, simplement parce qu'on se rapproche de la source de chaleur. Si l'ébullition ne se produit pas (le geyser cesse alors d'être actif) c'est parce qu'en tout point le poids de la colonne d'eau crée une pression suffisante pour empêcher l'ébullition à la température qui règne à cette profondeur.

Mais ce système est instable. La pression qui règne dans la colonne ne peut être modifiée. Elle ne dépend que de la géométrie du système, de la hauteur d'eau. Par contre la source de chaleur souterraine peut apporter des calories au point de créer la criticité.

Alors une bulle se forme qui remonte vers la surface et provoque l'ébullition de l'eau qui se trouve sur son passage. Le volume de vapeur qui remonte croît ainsi et peut atteindre plusieurs mètres cubes. Quand la bulle atteint la surface, celle-ci se soulève.

Puis la bulle crève à sa partie supérieure et c'est ce qui provoque l'émission d'une colonne de vapeur. Ceux qui ont vu des geysers en fonctionnement connaissent ce phénomène, assez rapide, qui s'étend sur un temps qui est de l'ordre de la seconde.

Il existe un moyen de « ranimer les geysers », l'astuce consiste à vider le contenu d'un flacon de produit à vaisselle dans le geyser. Celui-ci descend en abaissant la valeur de la température de vaporisation. Quand le produit atteint le bas de la colonne, le geyser se déclenche et produit alors des dizaines de milliers de bulles de savon, les plus grandes pouvant atteindre une vingtaine de centimètres de diamètre.

Un volcan a un fonctionnement analogue au sens où c'est une colonne de magma contenant du gaz.

On peut comparer ce magma à du champagne. Les gaz qui peuplent la surface de la Terre ont d'ailleurs été créés par le dégazage de volcans, puis transformés par un phénomène appelé « vie ». Les volcans rejettent de nombreux gaz différents, dont pas mal de CO_2. Dans un volcan « actif », c'est-à-dire susceptible d'entrer en éruption périodiquement. Sa colonne de lave est en équilibre à la manière de celle du geyser. En général elle est liée en profondeur à une poche magmatique. Le mécanisme qui assure la montée du magma dans la cheminée est le dégazage qui a tendance à s'accentuer au fur et à mesure de la remontée. On comprend alors comment il peut être possible à l'aide de micro-ondes pulsées en très basses fréquences, capable d'apporter de l'énergie thermique à grande profondeur, de chauffer le magma et de rendre le système instable, s'il est proche de sa criticité.

Si le secrétaire à la Défense William Cohen a prononcé ces mots c'est qu'il avait d'excellentes raisons de penser que tout cela était faisable.

septembre 2002 :

Comme on peut supposer que ce responsable américain, Cohen, ne dit pas n'importe quoi, on est en droit de se demander si une arme sismique n'aurait pas déjà été utilisée quelque part avec les conséquences prévisibles. À ce sujet, on peut noter que le séisme dévastateur en Arménie en décembre 1988 a coïncidé de façon surprenante avec le début des troubles ethniques dans cette région, en 1988 également, entre les Arméniens et les Azéris (d'Azerbaïdjan) et qui étaient annonciateurs de la fin de l'URSS. Conscient que l'Union Soviétique se dirigeait vers l'éclatement, pourrait-on imaginer un général soviétique à tête brûlée utiliser le joujou décrit dans votre papier pour « mater l'insurrection » dans la région ?

Simple hypothèse.

Le Projet HAARP

(Hight, Atmosphere, Auroral, Resarch Project)

Incontestablement, les catastrophes naturelles liées aux caprices du temps se sont manifestées à toutes les époques. Mais, ce qui est moins naturel que par le passé, c'est l'insolite violence de ces phénomènes dits naturels, souvent en totale inadéquation avec le contexte saisonnier. Ces dérèglements climatiques sont généralement mis sur le compte de « l'effet de serre ». Mais y a-t-il véritablement un lien entre le changement climatique mondial, et le très médiatique « effet de serre », fond de commerce des écologistes ? Car alors, pourquoi l'Europe, et principalement la France, dont la superficie représente 1/1000ème de la surface du globe serait-elle tout particulièrement affectée ?

Sur le plan géopolitique, la communauté européenne indispose les Etats-Unis car elle s'organise et devient un pôle économique concurrentiel indépendant, ce que ne veut absolument pas l'Amérique. Composée des pays les plus riches de la planète, l'Europe doit rester, selon l'optique américaine, un client solvable en position de demandeur vis à vis des USA. La survie économique de l'Amérique dépend de cette hiérarchie de rapports bien établie de part et d'autre de l'Atlantique.

C'est peut-être d'ailleurs pour cette raison que le 20ème siècle a été le théâtre incessant de guerres dans une Europe déchirée, incapable d'atteindre l'unité. Or, alors que le risque de guerre sur le territoire européen s'éloigne enfin après un siècle de conflits barbares, une nouvelle menace survient : d'ordre climatique.

L'EUROPE SUBIT-ELLE UNE GUERRE MÉTÉOROLOGIQUE ?

LE SYNDROME « SOS MÉTÉORES »

D'étranges perturbations météorologiques se font tangiblement sentir depuis quelques années sur le vieux continent, causant de grands dommages à son agriculture et à son potentiel économique en général.

A ce sujet, au parlement européen, des voix commencent à s'élever pour désigner nommément les USA comme étant les responsables du dérèglement climatique, conséquence de tant de désastres en tout genre.

L'Europe des quinze s'inquiète de la politique intransigeante des USA en matière de prévention des pollutions industrielles. Margot Wall-Strom, commissaire européen, chargée de l'environnement, affirme : « Les Etats-Unis sont les principaux coupables du changement climatique ! »

La décision de la Maison Blanche, de ne pas ratifier le protocole de Kyoto, comme d'ailleurs la plupart des nations industrialisées, a relancé la polémique européenne à propos des Etats-Unis, présentés comme le premier pollueur de la planète. Le 20 novembre dernier, le Président français Jacques Chirac déclarait lors du sommet climatique de La Haye : « Si l'on ne fait rien, nous pourrions être accusés de non assistance à planète en danger »…

Belle formule de rhétorique à laquelle George Bush, son homologue américain, a répliqué moins prosaïquement par « Nous allons travailler pour réduire les gaz à effet de serre, mais nous n'acceptons aucune mesure qui nuise à notre économie »…

Langage diplomatique pouvant se traduire par : « nous restons maîtres chez nous, et n'avons de conseils à recevoir de personne ».

Et si toute cette hystérie à propos de l'effet de serre n'était qu'une gigantesque opération d'intoxication de l'opinion internationale, un rideau de fumée médiatique ?

En réalité, les événements relatifs à ces phénomènes climatiques sont traités de manière factuelle. Aucun reportage d'investigation destiné à comprendre les causes réelles de tous ces désastres n'a jamais été vu sur aucune chaîne de télévision. Les différentes mesures pour pallier au problème ressemblent à de la poudre aux yeux ; c'est du grand art en matière de manipulation des foules, et les raisons évoquées à ce dérèglement planétaire s'apparentent à la bonne vieille technique de l'arbre qui cache la forêt.

Cependant, les populations, victimes des intempéries, commencent à se réveiller et à demander des comptes à leurs dirigeants. En France, quelque peu gêné par le chorus des sinistrés de la Somme, le gouvernement a ordonné la création d'une commission d'enquête, autre procédé bien connu, avec la « cellule de crise »…

« Il n'y a plus de saison ! »

Chaque année, le continent européen, qui n'a pourtant rien d'un climat tropical propice aux cyclones et à la mousson, est le théâtre de manifestations étranges. Les régions d'Europe les plus touchées, sont la Grande Bretagne et le Portugal (précipitations considérables). L'Espagne, (sécheresse endémique), la France (un mois de pluies ininterrompues) (maintenant à sec et en cuisson).

La Russie, (inondations spectaculaires) ayant nécessité le déplacement de 20.000 personnes, et températures caniculaires à Moscou en 2001. Toute cette violence des caprices du temps suggère cette réflexion : Sommes-nous en plein syndrome « SOS METEORES » (référence faite à l'adresse d'Edgar Pierre Jacob, véritable « Jules Verne » de la bande dessinée) ?

Ce visionnaire a exploité tous les thèmes, y compris celui d'une guerre météorologique contre la France… Guerre météorologique menée par une grande puissance maîtrisant une terrifiante technologie d'émission destinée à manipuler le climat, cela grâce aux travaux d'un savant fou : le Professeur Miloch.

Au cinéma comme dans la bande dessinée, la science fiction fait très souvent irruption dans notre quotidien, en l'occurrence par une météorologie chroniquement insolite que les médias tentent de camoufler par des bulletins météo rassurants. A ces subterfuges médiatiques, répond la préoccupation de plusieurs députés du parlement européen.

Ces sommités impartiales ont suffisamment pris conscience de la réalité de ces phénomènes climatiques bizarres, pour aller jusqu'à soupçonner l'armée américaine de se livrer à des expériences sur la haute atmosphère, notamment au moyen de puissants émetteurs de radio dont les ondes ultra courtes modifieraient la texture.

De tels phénomènes seraient le résultat d'un projet scientifique dénommé HAARP, acronyme de : HIGHT, ATMOSPHERE, AURORAL, RESARCH PROJECT. Ce qui, dans la version officielle du programme, signifie recherches dans le domaine des hautes fréquences appliquées aux aurores boréales. Un expert en énergie : Gratan Healy, conseiller auprès des parlementaires, rassemble pour l'instant les pièces accusatoires, pour instruire l'enquête sur cet obscur projet scientifique.

Le rapport du GRIP de Luc Manpaey est remarquable à ce propos, car il expose fort exhaustivement, les résultats de toutes les recherches et enquêtes, concernant le programme HAARP. Ce programme d'investigations, visant à mettre en cause une grande puissance, est orchestré par Magda Hoalvoet, une euro députée belge, présidente du groupe des verts.

Elle œuvre afin que le parlement européen fasse pression, via l'OTAN, sur les Etats-Unis, et qu'ils répondent enfin à toutes les questions relatives au projet HAARP.

Par ailleurs, d'autres scientifiques, chercheurs, journalistes et militants écologistes, jouent aux détectives avec l'armée américaine dans l'espoir de découvrir le véritable aspect du projet HAARP, présenté comme un inoffensif programme de recherches par l'US Air Force et la Navy.

Aux États-Unis, le projet HAARP ne fait pas l'unanimité. Des citoyens américains s'insurgent contre l'utilisation d'un tel procédé « scientifique ». C'est le cas du Docteur Rosalie Bertell, personnalité scientifique de haut niveau. Sous l'administration Reagan, elle avait été désignée pour étudier les effets du projet d'armement « STAR WAR ». Elle est actuellement consultante pour le parlement européen qui enquête sur la véritable nature du projet HAARP.

En 1995, un livre dénonçant le projet HAARP, publié aux USA, à plus de 25.000 exemplaires, a fait sensation. Il s'agit de l'ouvrage « Angels dont'play this HAARP », co-rédigé par deux auteurs, le Docteur Nick Begich, écologiste, et Jeanne Manning, spécialiste des énergies, dites « non conventionnelles ».

Ce livre est heureusement traduit en français au Québec (**chez Louise Courteau Éditrice et est disponible sur le site de http://conspiration.cc**) mais le problème HAARP continue d'être inconnu du grand public.

Aux Etats-Unis, l'existence du HAARP a été révélée au public par de nombreux articles dans les journaux, ainsi que par des émissions de télévision.

Depuis, une longue cohorte d'opposants manifestent leur désapprobation face au projet. Parmi ces opposants, deux scientifiques ont apporté leurs précieuses connaissances à la rédaction des ouvrages consacrés au HAARP. Il s'agit du chimiste Richard William et du Professeur Zielinsky, Physicien allemand, spécialiste de l'électronique quantique.

Or on sait aujourd'hui que toute l'efficacité du dispositif HAARP réside dans l'utilisation de cette électronique d'avant garde. Selon ces spécialistes, les énormes puissances d'émissions en provenance de la station de Gakona pourraient influencer la météorologie de n'importe quel pays et y provoquer des effets bénéfiques ou catastrophiques.

Complément terrestre du projet STAR WAR (guerre des étoiles) que le nouveau Président BUSH a remis à l'ordre du jour, le projet HAARP serait en réalité, de par la nature spéciale de son signal d'émission, l'arme ultime des Etats-Unis !

LA GUERRE DES ONDES

Derrière ce projet HAARP se cacherait donc une arme terrifiante, car, selon la bande de fréquence utilisée, très haute ou très basse, le système aurait la possibilité de provoquer à distance des effets particuliers sur l'environnement tels que :

• scanner les entrailles de la terre, interrompre toute forme de communication hertzienne (guerre du Golfe en 1991),

• influencer les comportements humains (Guerre du Golfe, Afganistan),

• modifier le climat, désintégrer tout engin volant dans l'atmosphère (STAR WAR),

• provoquer des tremblements de terre, des orages dévastateurs, des explosions puissantes en altitude (guerre du Golfe).

A l'origine de ce projet HAARP, se trouve le père fondateur du système Bernard Eastlund, Physicien au Massachussets Institute Of Technology. Les recherches de Bernard Eastlund se sont inspirées des travaux de Nicolas Tesla, savant croate du début du siècle à qui l'on doit les découvertes sur l'énergie ionosphériques.

Auteur de nombreuses découvertes scientifiques comme le courant alternatif, prix Nobel de la science, Tesla avait entre autre mis au point un procédé permettant de transporter d'importantes quantités d'énergie électrique sans câbles, sur de grandes distances, en se servant de l'ionosphère comme support. Tesla n'imaginait pas à son époque à quoi allait un jour servir son invention.

Quelques décennies plus tard, en améliorant le dispositif grâce à l'apport de l'électronique, Eastlund réussit à s'attribuer la paternité du projet. Le procédé HAARP était né…

Le brevet américain portant le numéro 4 686 605 lui a été remis le 11 août 1987. Entre 1986 et 1994, Bernard Eastlund déposa douze brevets, lesquels constituent la structure du projet HAARP et de ses technologies dérivées en matière d'armement. EASTLUND réussit à faire financer la réalisation de ses inventions par la compagnie ARCO, immédiatement séduite par les débouchés possibles auprès des militaires.

Depuis ce jour, toute la recherche dans le domaine de l'énergie électromagnétique à des fins médicales est bloquée. C'est donc un vaste domaine hautement prometteur de la science qui s'est vu monopolisé par des intérêts liés à l'armée américaine.

Aujourd'hui, notons que le propriétaire et exploitant de ces brevets n'est plus Eastlund, exclu pour d'obscures raisons, mais bien la société APTI

ARCO, consortium pétrolier derrière lequel se profilent l'US Navy et l'US Air Force.

Classé secret défense, le principe détaillé de HAARP n'est pas accessible, cependant, sur divers sites Internet américains des éléments d'informations sont consultables.

Par analogie, le HAARP est comparable à ces poupées gigognes dont l'enveloppe extérieure dissimule les autres. Ce qu'il en est officiellement connu se résumerait à bombarder l'atmosphère au moyen d'un faisceau de micros ondes radioélectriques modulées. Ce, dans le but de procéder à des mesures scientifiques sur le mouvement des particules de vent solaire dans la magnétosphère de la terre.

Les militaires ont une autre version.

Ils prétendent en effet que la puissance de l'émission est telle que cela provoque l'ionisation des hautes couches de l'atmosphère qui se transforment en miroir réflecteur. Cela leur permet de relayer l'émission incidente bien au delà de la courbure de la terre. Les militaires du Pentagone affirment que ce dispositif leur sert à communiquer avec des unités de la marine ou de l'aviation en mission lointaine.

Ce que les militaires ne disent pas.

Par la mise en place de plusieurs nuages miroirs, il est tout à fait possible de reculer encore plus loin la portée des émissions au moyen d'avions militaires de type KC 135 qui larguent sur les nuages des substances chimiques.

Ce procédé nommé Cloud Seading permet de modifier la texture de la vapeur d'eau qui, si elle devient réfléchissante, s'accompagne de fortes précipitations. L'écran réflecteur ainsi créé, va relayer les ondes de la station de Gakona qui vont « arroser » la zone déterminée d'une région. Un autre procédé consiste à réaliser un écran réflecteur par le largage de microfibres d'aluminium que les puissantes émissions du HAARP maintiendront en altitude.

Naturellement, les effets produits sur l'environnement seront relatifs aux fréquences utilisées. Le choix des fréquences étant vaste, les effets peuvent être multiples. En principe, le procédé doit s'en tenir à des besoins en matière de communication. Cependant, vu le passif de l'US Air Force et de la CIA en matière d'expérimentations, malgré toutes les versions officielles des uns et des autres, il se profile au-delà de tous ces discours, un autre domaine d'application du HAARP, plutôt inquiétant : celui de l'arme « Psychotronique ».

Dès 1952, le Docteur José Delgado, Professeur à l'Université de Yale, avait découvert que l'on pouvait affecter le comportement émotionnel d'un individu en le soumettant à certaines fréquences et types d'ondes. Les scientifiques, comme Delgado et le Docteur Robert Becker ont réussi à démontrer que deux ondes couplées, dont l'une est modulée en fréquence, génèrent des effets où la plupart des fonctions cérébrales profondes de l'être humain peuvent être manipulées à distance, avec des résultats « très tangibles ».

Certaines très basses fréquences aux alentours de 7 HZ peuvent en effet provoquer l'apparition dans le cerveau de substances neurochimiques qui génèrent un « vaste arsenal de réponses émotionnelles ou intellectuelles ».

Tel est le discret programme de l'élite militaire US, consistant à utiliser une nouvelle génération d'armes psychotroniques dénommées « millimètre wave », procédé consistant à transmettre à distance un intense champ électromagnétique modulé de façon particulière à l'aide du système HAARP.

Le but est de neutraliser des troupes adverses, ou de manipuler des populations à leur insu.

On notera à ce propos l'étonnement de nombreux commentateurs qui se sont interrogés sur la résistance acharnée d'une petite ville comme Umm Qasr qui a tenu 15 jours face aux forces de la coalition tandis que les défenses de Bagdad s'effondreraient au bout de quelques heures.

Autre exemple, en arrivant en Afghanistan, les volontaires étrangers étaient bien décidés au sacrifice ultime pour défendre le régime taliban. Or la majorité de ces hommes se sont finalement rendus sans combattre.

L'étrange révolte des prisonniers étrangers de la forteresse de Qalae-Jangi, qui pourrait aller à l'encontre de cette thèse, pose au contraire bien des interrogations aux observateurs. En effet, comment expliquer le farouche élan suicidaire de ces centaines d'hommes qui s'étaient pourtant rendus la veille à Kunduz.

On sait, grâce aux travaux de Blackman et de Ross Adey que des ondes pulsées provoquent des variations de la tension artérielle, et modifient les flux d'ions de calcium, potassium et sodium.

Ces flux, en traversant la membrane cellulaire, génèrent des signaux micro électriques qui se propage dans le système nerveux, et informe le cerveau de ce qui se passe autour de nous. Ainsi informé, le cerveau déclenchera à son tour une action sur un muscle, une décision, une émotion, ou une maladie.

De plus, ces ondes pulsées modifient le PH Sanguin et affaiblissent le système immunitaire humain.

Depuis 1964, les militaires s'intéressent de près à l'utilisation de ces ondes. C'est à cette époque que les scientifiques Ross Adey et Bawin ont découvert qu'une fréquence de 450 MHZ modulée à 16 HZ en fréquence de récurrence (nombre de fois par seconde) altérait la chimie du cerveau chez les poulets et les chats. Appliquée à l'ensemble des mammifères, il était évident pour l'armée que l'utilisation de ces ondes, pouvait être une arme terriblement efficace.

Les armes neutroniques

Les armes neutroniques se classent en 3 catégories : armes létales (mortelles) à rayonnement électromagnétique ; armes non létales de neutralisation temporaire, utilisables lors de manifestations violentes ; arme d'autosuggestion mentale ou de manipulation du comportement.

Les stratèges du Pentagone sont résolument favorables à l'utilisation de tels procédés. Pour preuve, on peut lire dans une revue à circulation interne (The revolution in military Affairs - Strategy Studies Instituts - Us Army War College), laquelle n'est pas censée tomber dans le domaine public : Nos valeurs changent et la technologie s'ouvre sur de nouveaux horizons.

Il y a peu, pendant la guerre froide, les opérations psychologiques et l'armement psychologique étaient encore primitifs. Alors que nous entrons de plein pied dans l'ère de l'électronique et de la bioélectronique, il devient nécessaire de réévaluer les barrières morales et éthiques que nous avons posés en interdisant toute technologie pouvant manipuler l'esprit de nos ennemis, tant à l'intérieur du pays qu'à un niveau international…

Dès que cela sera possible, nous encouragerons des entreprises privées ou semi privées à développer une technologie appropriée. Nous pouvons agir de même avec les nouveaux types d'armements comme les armes biologiques incapacitantes et les armes psycho technologiques avancées !

La réalité dépasse parfois les meilleurs films de science fiction.

Depuis leurs bases implantées en divers lieux de la planète, Russes et Américains utilisent conjointement la technologie du HAARP. Ces deux grandes puissances, antagonistes en apparence, se sont toujours échangées le résultat de leurs recherches scientifiques sensibles.

Toutefois, seuls les USA donnent des informations sur l'aspect du programme HAARP, dont le site le plus connu est celui de Gakona, situé en Alaska. Vaste installation qui s'étend sur plusieurs hectares, le choix du site de Gakona répond à plusieurs critères : surface d'implantation disponible non restreinte ; espace éloigné des zones habitées à forte densité démographique ; zone d'implantation relativement plane ; impact environnemental minime ; coûts de construction et de maintenance diminués.

Descriptif des installations de Gakona :

Selon le site officiel militaire, l'installation comporte 48 antennes dipôle d'une vingtaine de mètres de hauteur, reliées chacune à un émetteur de puissance. Elles sont alignées sur une zone plane et rectangulaire. L'installation devrait atteindre la puissance de 4,6 mégawatts à sa deuxième phase selon un programme établi en 3 phases.

Cependant une énergie à certaines fréquences peut-être amplifiée jusqu'à mille fois, lorsqu'elle atteint les parties supérieures de l'ionosphère, par des processus naturels… Ce qui donnerait à ce moment une puissance en terawatts… Ce qui pourrait se passer avec un tel niveau de puissance pourrait en résulter une catastrophe pour l'environnement.

Certains analystes prétendent que le HAARP n'a rien de secret, puisque tous les renseignements le concernant circulent sur le Web. Toutes les histoires de science fiction qui circulent à propos des émissions HAARP ne seraient donc que balivernes.

Cependant, c'est un point de vue que ne partage pas le GRIP de Bruxelles. Les défenseurs du HAARP avancent que le site de Gakona, situé près du cercle polaire, ne peut pas provoquer les dommages qu'on lui impute partout sur la planète. Ils avancent même, à juste raison, que le site d'émission n'a vraiment rien d'une base militaire, car l'on y constate une totale absence de dispositif de sécurité, absence de clôtures, de gardes armés, de chiens.

De fait, n'importe qui peut pénétrer dans la zone des antennes. En somme, rien qui ne ressemble à un complexe militaire secret comme la célèbre zone 51 dans l'Etat du Nevada.

Au premier abord, tout cela parait bien transparent. Et si tout cela n'était qu'un leurre, une façade scientifique publique destinée à dissimuler le véritable aspect du HAARP. La base de Gakona a été le lieu de naissance du HAARP, là, son dispositif a été mis au point.

De nos jours, elle est devenue une vitrine de démonstration technologique, et depuis, les différents sites d'émission sont répartis sur les territoires russe et américain.

Par ailleurs, le système d'émission HAARP peut être également transporté sur un camion ou embarqué sur un gros avion militaire.

Subtile stratégie ou absence totale de secret ?

L'opération « portes ouvertes » de Gakona ne prouve rien, car elle ne dévoile pas l'utilisation de la physique quantique. Celle-ci modifie de manière conséquente les propriétés du signal d'émission HAARP. Le principe quantique bouleverse totalement les lois de la physique traditionnelle, laquelle limite notre perception des dimensions spatiales et temporelles.

De nos jours, il est communément admis que la vitesse de la lumière est de 300.000 kilomètres par seconde. Pour échapper à cette limite, il faudrait pouvoir accélérer un corps à une vitesse supérieure, ce qui est actuellement impossible avec les lois de la physique traditionnelle.

En théorie, il est communément admis que si un corps était soumis à une vitesse supérieure à celle de la lumière, il quitterait impérativement notre continuum espace temps. Il est donc impossible d'accélérer un corps comme cela.

Mais si, sans déplacer physiquement ce corps, on le soumet à des micro ondes radioélectriques de forte puissance, celles-ci vont agiter ses molécules à de très grandes vitesses comme dans un four à micro ondes domestique.

Ces très courtes longueurs d'ondes, et ce haut niveau de puissance haute fréquence permettraient alors de faire tourner les champs de Tachyons, de Quanta ou de particules électromagnétiques autour de ce corps, à une vitesse supérieure à celle de la lumière, ce qui produirait le même effet que si l'on dépassait cette vitesse ! Cette technologie d'avant garde est déjà utilisée dans les micro circuits des ordinateurs à grande vitesse de calcul.

La réside le secret de HAARP.

Histoire du HAARP

L'ex URSS et les Etats-Unis se sont intéressés à l'atmosphère dès les années 50. Les scientifiques de ces deux puissances s'étaient rendus compte que de puissantes émissions d'ondes ionisantes pouvaient changer le climat.

Au milieu des années 70, des ingénieurs soviétiques ont essayé de manipuler l'ionosphère.

Peu après que les scientifiques eurent mis en marche leurs gros émetteurs, le Jet Stream se mit à faire des détours importants. Cela permit à la population de l'Alaska de se prélasser dans un hiver exceptionnellement chaud.

Pour la première fois, la neige tomba à Miami et aux Bahamas, pratiquement au niveau de l'équateur. Cette expérience permit à l'URSS d'avoir un hiver exceptionnellement doux…

Provoquer un type de temps dans une région ou un pays ne serait possible qu'en diminuant son potentiel dans un autre endroit.

En 1973, le Honduras accusa les Etats-Unis de voler sa pluie et de provoquer une grande sécheresse en détournant artificiellement l'ouragan Fifi pour sauver l'industrie touristique de la Floride.

Cet ouragan a causé les plus grands dégâts jamais vus dans l'histoire du Honduras. Le Salvador subissant le fléau de la sécheresse a porté des accusations similaires contre les Etats-Unis.

De même le JAPON a prétendu qu'on lui avait volé le peu de pluie nécessaire à toute vie, en déclenchant le typhon à Guam. La Rhodésie ainsi qu'Israël furent accusés par les nations voisines de leur voler la pluie.

Le journaliste américain Lowel Ponte cite dans « The Cooling » les propos que lui auraient confiés des fonctionnaires de l'armée. D'après ces confidences, des avions américains auraient mis fin à l'aridité de terres situées aux Philippines et aux Açores, tout en refusant, au gré de leurs intérêts, de remédier à la sécheresse de plusieurs pays de la zone du Sahel africain.

Ponte décrit également le programme soviétique consistant à modifier de manière tangible les conditions atmosphériques au-dessus de leurs territoires afin d'augmenter leurs productions agricoles.

Selon une rumeur, l'énorme bouleversement météo de 1982/83 causé par El Nino, dans l'Océan Pacifique, aurait été provoqué par une action soviétique sur l'ionosphère. Curieusement, lorsque El Nino revint en 82/83, ses effets habituels n'étaient plus du tout les mêmes. Les alizés à l'équateur, qui soufflent d'Est en Ouest dans l'hémisphère Sud furent inexplicablement refoulés.

Cela eut pour effet de retenir les courants d'eau chaude qui s'écoulent normalement vers l'Asie. L'eau se mit alors à refluer et à s'accumuler devant la côte ouest de l'Amérique du sud. Ce revirement aurait provoqué des pluies diluviennes au Pérou, de même que les tornades dans le sud de la Californie et le long de la côte est de l'Amérique du nord et de l'Alaska.

En décembre 1974, Howard Benedict de l'Associated Press à Washington, rédigeait un rapport sur le thème de la guerre météorologique intitulé : The weather as a secret weapon ? (Le climat, une arme secrète ?). L'article de Benedict expliquait pourquoi les porte-paroles américains et russes avaient nié l'existence de telles armes. S'ils avaient dit « nous possédons des super armes météorologiques », il est facile d'imaginer la réaction des populations. La moindre anormalité du temps leur aurait fait dire : « c'est la guerre ! »

Ne pas affoler les opinions des populations est une priorité. Et les médias sous contrôle des différents pays s'y emploient.

En France, pays où la chape de plomb sur les phénomènes climatiques est totale, seul un auteur, Jean Marc Filterman, a rédigé un ouvrage sur la guerre climatique : « Les armes de l'ombre » aux Éditions Carnot.

Un journaliste, Jean Moïse Braitberg du magazine VSD a eu le courage d'écrire :

« Les services secrets fantasment. Tempêtes de décembre 99, phénomène naturel ou attaque terroriste ? »

Ce journaliste a enquêté auprès de divers services spéciaux et militaires américains à ce sujet. Il révèle que dès 1970, Zbigniew Brzezinski, alors Directeur de la sécurité nationale du Président Carter, publiait un livre : « Betwen two ages », sur la possibilité de contrôler le climat.

Dans cet ouvrage, ce directeur de la NSA a tout simplement dévoilé le programme militaire de la nouvelle guerre secrète, une guerre invisible totale, destinée à ruiner les différents secteurs de production des pays concurrents des USA. « Les techniques de la modification du climat pourraient être utilisées pour produire des périodes prolongées de sécheresse ou d'orage ». Quiet weapon for bilent war ! Telle serait la très discrète stratégie des Etats-Unis dévoilée par un haut fonctionnaire du Pentagone.

Réaction de l'Europe :

Depuis octobre 1998, le GRIP à Bruxelles dispose d'un observatoire appelé Forces Armées et Environnement qui a pour objectif d'étudier l'impact des activités militaires sur l'environnement politique, économique, juridique, scientifique et éthique.

Le GRIP considère que le projet HAARP, en raison de son impact général sur l'environnement, est un problème d'une portée mondiale, et demande que ses implications juridiques, écologiques et éthiques soient examinées par un organisme international indépendant.

Cet organisme déplore que le gouvernement des Etats-Unis ait à maintes reprises refusé d'envoyer un représentant pour apporter un témoignage sur les risques que comporte pour l'environnement et la population, le projet HAARP, et demande que soit établi un accord international visant à interdire à l'échelle mondiale tout développement et déploiement d'armes qui pourraient ouvrir la porte à toute forme de manipulation de l'homme.

Malheureusement, pour l'instant, aucune force n'est en mesure de contrer la montée en puissance de l'Amérique dans la réalisation de son plan de domination mondiale.

L'autre menace :

Le signal HAARP a été étudié par un radio amateur californien de San Jose, Mr Smith. Sa station de réception munie d'un analyseur de spectre est située à environ 5000 milles de l'émetteur de Gakona.

En observation nocturne du signal, Mr Smith a relevé que la porteuse du signal était de 3,39 MHZ, et d'une durée de 6,25 secondes terminée régulièrement par une amplitude en fréquence 0,9 à 10 Mhz.

Le signal d'émission est espacé ensuite par une pause de 15 à 30 secondes. {Note de Nenki : le signal de 3,39 MHz est au dessus de ce que peux entendre l'oreille humaine (max : 4.5 KHz) et ce n'est pas un signal de très basses fréquences (VLF ou ELF)}.

Un dispositif spécial est nécessaire pour entendre le signal du HAARP dont le bruit est semblable à celui d'un chalumeau à souder, très proche du bruit de souffle de récepteur. Note de Nenki : ce signal HF est réservé (au Canada en tout cas) aux signaux horaires du Conseil National de Recherche.

Toute la bande HF (3 MHz jusqu'à 29.9 MHz) est subdivisée pour ce Conseil et la radio amateur par le CRTC. Un ami possède la liste officielle complète des attributions des radios fréquences Canadiennes issue d'Industrie Canada (VLF jusqu'aux EHF). Aux

Zétas, ils utilisent peut-être cette fréquence pour jouer on sait quoi, mais reste que 3,39 MHz c'est du HF au dessus de notre capacité d'audition.

Autre chose, si cette musique de 3,39 MHz est jouée avec assez d'amplitude et dépasse la frontière jusqu'à chez nous, au Canada, on peut conclure 100% que le fédéral est au courant par le CRTC qui surveille et régularise l'utilisation des radios fréquences sur le territoire car c'est en plein dans la bande de fréquences utilisée pour les signaux horaires du Conseil National de Recherche.

Il doit être détecté, filtré sur-amplifié et restitué au moyen d'un haut parleur, type canon de basses, tel que ceux utilisés dans la chaîne de restitution sonore du cinéma THX.

Le résultat fait penser au bruit de fond de l'Océan, auquel viendrait s'ajouter une sensation de tremblement de terre. Les scientifiques officiels affirment que la capacité d'émission du réseau HAARP dans la bande ELF est onze millions de fois plus faible que le bruit de fond naturel atmosphérique.

Ces brillantes sommités cartésiennes devraient s'interroger sur le but que poursuivent dans ce cas les opérateurs du programme HAARP.

Pourquoi investiraient-ils un budget de 200 Millions de dollars ?

La magnétite que recèle le cerveau de l'être humain, de même que le fer contenu dans son organisme vibre aux moindres modifications du champ magnétique terrestre, ou électromagnétique généré par les lignes de transports électriques et les émissions radio de toute sorte.

L'être humain, même à l'état inconscient, est sensible au signal infime du HAARP dont les émissions se succèdent régulièrement. Le radio amateur Smith prétend avoir capté un essai secret du HAARP le samedi 17 février 2001.

A 3 heures du matin, la fréquence normale de HAARP était de 3,39 Mhz.

Vers 4 heures du matin, le contrôle à l'analyseur de spectre a révélé un changement de synchronisation d'impulsion et d'espacement d'inter impulsion.

A 4 H 39, la puissance du signal s'est soudainement élevée.

A 6 H 45, l'émission s'est interrompue pour reprendre vers 10 heures du matin à pleine puissance, à 350 Mégawatts.

A quoi jouent les militaires ?

Des chercheurs indépendants estiment que le signal HAARP agit en 2 temps. Une première salve de fréquence préchaufferait l'ionosphère lors de cette opération, les ions des atomes azote et ozone seraient excités.

Viendrait ensuite l'impulsion de fin, comprise entre 0,9 HZ et 10 HZ qui emballerait ces ions dans toutes les directions.

Des scientifiques américains ont observé que, lorsque le HAARP a chauffé un site ionosphérique, le miroir de plasma obtenu se transforme, non seulement en réflecteur, mais aussi en transducteur doubleur de fréquence.

L'azote ionisé ainsi semble avoir la propriété de transformer une fréquence d'émission de 435 Mhz en une fréquence secondaire de 1080 Mhz.

Un physicien nucléaire a observé que la fréquence de 1080 Mhz est approximativement de 2,7 fois celle de 435 Mhz. Or. 2,7 est la proportion de l'azote dans l'atmosphère. Le risque serait que des sujets biologiques, exposés à des fréquences de 1080 ou 435 MHZ, souffriraient d'un empoisonnement à l'azote, assorti d'une destruction chronique des gaines de Myéline qui protègent les nerfs du cerveau.

Une autre particularité de ces fréquences serait leurs propriétés d'agir sur la génétique de l'être humain. Car la fréquence de 1100 Mhz résonnerait avec l'ADN. Cette structure en forme de double spirale est la base moléculaire de toute vie biologique, et contient de L'azote comme ingrédient primaire.

La fréquence de 450 Mhz serait également proche de celle de la conscience humaine et de notre réalité spatiale et temporelle.

Ces mystérieuses émissions HAARP auraient-elles vraiment ces inquiétantes propriétés ?

Si le programme HAARP dont les objectifs ne sont pas clairement connus pouvait : brouiller, modifier ou détruire l'ADN humain au moyen des fréquences appropriées, ou agir sur le niveau de conscience de l'humanité, afin de retarder ou d'accélérer son évolution, ce serait la pire des menaces à l'encontre de la civilisation humaine.

Les USA détiendraient alors l'arme suprême de domination mondiale. Les peuples de toute la planète seraient soumis au contrôle d'une élite possédant un savoir technologique fantastique.

Le « MIND CONTROL » qui s'affirme insidieusement ne semble guère être un thème qui relève de la science fiction. La fiction d'aujourd'hui s'est souvent avérée être la réalité de demain.

Mickaël GOLAN

ANALYSE DU SYSTÈME :

La grande aventure de HAARP débute avec le savant croate Nicolas Tesla. Lorsque ce fondateur de l'électricité moderne fait au début du 20ème siècle une découverte géniale : dans l'ionosphère de notre planète réside une énorme quantité d'énergie électrique.

L'atmosphère se comportant comme un diélectrique isolant, Tesla en a déduit que l'ensemble : ionosphère, air, terre constituait un gigantesque condensateur électrostatique naturel.

Le principe basique du HAARP réside tout simplement là : capter cette énergie ionique pour la redistribuer d'une certaine manière.

En modifiant la densité du diélectrique naturel de l'atmosphère terrestre, cela provoque une décharge électrique contrôlée. Cette opération rabat les charges électriques ionisées positives vers le sol négatif de la terre qui les attire.

De nos jours, c'est ce que font discrètement les opérateurs américains du HAARP : transporter de grandes quantités d'électricité au moyen du véhicule des ondes radioélectriques. Ce processus est réalisé, en pointant un faisceau d'émission radio directif, de forte puissance, vers le bouclier ionosphérique. Celui-ci se met alors à résonner, tel un simple circuit accordé self et condensateur. Les atomes ionisés de la haute atmosphère se mettent à osciller puis s'emballent sur leur fréquence de résonance.

C'est alors que le site ionosphérique visé se transforme en plasma et devient réfléchissant tel un miroir. L'onde HAARP est ainsi renvoyée vers le sol, affectée de nouvelles propriétés.

Les dipôles d'émission du champ d'antennes de Gakona sont assemblés en forme de croix.

Ce procédé polariserait le signal d'émission HF de telle sorte qu'il se propagerait en spirale. C'est ce mouvement d'onde tournante qui « arracherait » les ions prisonniers de l'ionosphère.

Les charges électriques récoltées seraient alors transportées dans l'espace au moyen de l'électro-jet à haute densité de plasma.

Ces vagues d'ondes électromagnétiques, animées d'une grande vélocité, présentent une trajectoire perpendiculaire aux lignes de champ magnétique de la terre en se déplaçant d'un pôle à un autre.

Au cours de leur voyage dans la tropopause, elles provoqueraient crescendo, une cascade « d'effets climatiques ».

Toutes ces explications vulgarisées à propos du HAARP sont nécessaires pour comprendre comment les vagues d'électro-jet chargées d'énergie, auraient la faculté d'agir sur les anti cyclones. Ces masses d'air froid chassées des pôles qui agissent sur le climat des régions tempérées.

PROPRIETES DES ARMES NEUTRONIQUES :

Les armes neutroniques ont des ondes aux effets polyvalents. Elles pourraient neutraliser les missiles balistiques (programme SDI) ainsi que les systèmes électroniques et informatiques.

Certaines de ces armes de l'ombre auraient, selon les recherches et expérimentations du Docteur Allen Frey, la capacité de provoquer des ruptures d'anévrisme ou des arrêts cardiaques. Cela avec de très grandes puissances d'émission, aux fréquences extrêmement basses.

Le Docteur Rosaly Bertell affirme que les USA expérimentent à l'insu de tous et au mépris des conventions internationales, les effets de ces ondes depuis plus de 40 ans.

Ainsi, de nombreux projets se sont succédés :

ARGUS, 1958

STARFISH, 1962

SOLAR POWER SATELLITE, 1968 à 1978

SHUTTLE EXPERIMENT, 1985

MIGHTY OAKS, 1986

DÉSERT STORM, 1991.

Principe quantique du HAARP :

En physique quantique, les oscillations moléculaires modifient la gravité des particules et la densité des corps. Qu'il s'agisse de tout le spectre des ondes radioélectriques, du froid, du chaud, des objets, des humains et de leur perception biologique, tout est lié à la vitesse des électrons orbitant autour des noyaux composant les diverses molécules.

Si un savant inventait un dispositif permettant de modifier à son gré la vitesse des particules qui gravitent autour des noyaux atomiques, constituant un objet par exemple, ce dernier pourrait changer de forme, traverser un mur, changer d'époque ou devenir invisible.

Théorie aberrante du point de vue de la physique traditionnelle. Les scientifiques avant-gardistes admettent cependant que l'écoulement de temps dépend de la gravité ou de la puissance d'un champ magnétique.

Un champ intense peut courber la lumière ou l'absorber, tels les trous noirs de la galaxie. Du coup, l'évaluation d'une distance est faussée, ainsi que le temps nécessaire pour franchir une distance. Cette théorie peut expliquer pourquoi une puissante émission d'un signal radioélectrique codé génère un champ magnétique, ou une onde de nature particulière, pouvant agir sur l'environnement, jusqu'à modifier le climat.

Catastrophes naturelles ou attaques militaires ?

Dans la nuit des 25 et 27 Décembre 1999, deux tempêtes d'une violence exceptionnelle s'abattaient sur la France, alors que le pays s'apprêtait à célébrer le passage à l'An 2000. Ces tempêtes représentaient un phénomène météo très inhabituel.

Les modélisations 3D réalisées par Météo France montrent à quel point la configuration météorologique avait l'efficacité d'une machine de guerre.

Rappelons que l'existence des armes climatiques a été implicitement reconnue dans un traité international de désarmement.

Un traité international adopté en 1977 sous le nom de « convention ENMOD », interdit en effet expressément le développement d'armes « de nature à influencer le climat ».

Le fait que ce type d'armes soit mentionné dans cet accord indique que leur existence n'est pas de la science-fiction.

Ces tempêtes de décembre 1999 pourraient donc avoir été provoquées par une arme climatique, utilisée afin de sanctionner l'attitude récalcitrante de la France sur la mondialisation, les OGM, et le traité de l'AMI.

(Le principe central de l'AMI est de créer tout un ensemble de droits nouveaux pour les multinationales, au détriment des états et des populations, et sans aucune obligation en contrepartie. Cet accord économique international a été négocié dans le plus grand secret depuis 1995 sous l'égide l'OCDE).

Ces « tempêtes » ont été suivies par un virage à 180 degrés de la politique du gouvernement de Lionel Jospin au sujet de la mondialisation et des OGM.

La vérité est peut-être que le pays ayant été mis à genou par ces deux « tempêtes », la France a été vaincue et n'a pas eu d'autre solution qu'une discrète capitulation, à l'insu de la population qu'il était préférable de ne pas informer.

Le naufrage du pétrolier Erika, le 12 décembre 1999 (soit quelques jours à peine avant les tempêtes), naufrage dont les médias n'ont pas assez souligné les circonstances douteuses, n'était-il pas une signature des événements calamiteux qui allaient frapper la France quelques jours plus tard ?

Sans parler de la tragédie qui frappa le Venezuela dans la nuit du 16 au 17 décembre 1999, faisant environ 30 000 morts suite aux coulées de boue issues des pluies torrentielles tombées sur les montagnes.

La veille les Vénézuéliens attendaient avec impatience les résultats des élections confirmant l'élection d'Hugo Chavez.

Le nom du navire Erika fait penser à un code symbolique d'identification : I AM ERIKA qui se prononce AMERICA !

Pour l'anecdote, un cyclone tropical baptisé ERIKA dévasta la Nouvelle Calédonie le 14 Mars 2003, entraînant des frais considérables pour la France. Rappelons qu'un mois auparavant, Dominique de Villepin avait demandé que se tienne, le 14 mars justement, une séance du Conseil de sécurité à l'ONU destinée à « évaluer la situation » sur l'Irak. Inutile de dire que cette séance n'eut jamais lieu, la guerre en Irak étant devenue inévitable à cette date.

De même, faut-il interpréter comme un avertissement le tremblement de terre survenu en France le 22 février 2003, et ressenti jusqu'en Allemagne, deux pays européens largement engagé contre la logique de guerre américaine.

Et que dire du violent tremblement de terre survenu en Chine aussitôt après une visite de Colin Powell venu chercher, en vain, le soutien du gouvernement chinois.

L'histoire contemporaine regorge de ces coïncidences…

Une étude menée pendant 22 ans d'archives météorologiques, par le physicien danois Henrik Svensmark, avec son équipe, confirme l'action des rayons cosmiques sur la formation des nuages.

Lorsque les rayons cosmiques : ces flux de particules à haute énergie présents dans tout l'Univers, frappent l'atmosphère, ils favorisent la condensation des molécules d'eau, la formation de gouttes ou de cristaux de glace et, à grande échelle, la formation des nuages.

Cette action vient s'ajouter aux autres phénomènes (aérosols, bactéries) responsables des nébulosités.

Le projet HARRP n'est-il pas la copie artificielle de la nature.

L'homme a toujours voulu copier celle-ci et surtout la dominer à son avantage.

Conclusion

La guerre climatique aura-t-elle lieu ?

C'est simple elle est déjà commencée depuis de nombreuses années et ce de manière insidieuse. Elle est le corolaire de la guerre économique que se livre les pays entre eux au travers de l'OMC et de sa mondialisation. L'appropriation des eaux douces des fleuves est une lutte permanente entre les états concernés.

La fin justifie les moyens selon Machiavel, regardons avec plus d'acuité les paragraphes précédents.

Les pluies artificielles :

Objet de nombreuses recherches scientifiques ainsi que de tentatives de mises au point plus ou moins satisfaisantes et sous couvert de les maitriser pour pouvoir soit de rendre humide des régions désertiques, soit d'empêcher des orages de grêles pour protéger les cultures, les militaires se sont empressés d'utiliser cette technique.

Déjà pendant la guerre d'Indochine, les ingénieurs militaires français avaient imaginé d'inonder la piste Ho Chi Min à l'aide de pluies artificielles, ceci afin de ralentir la progression des Viêt-Congs ainsi que leur approvisionnement en armes.

Après la déroute française, l'armée américaine repris aussi les mêmes expériences avec les modestes succès que l'on connaît.

Enfin soyons heureux, l'eau est moins agressive que le défoliant orange utilisé par les Américains lors de cette guerre.

Incendies de forets :

Comme écrit dans l'introduction, ils sont souvent d'origines criminelles.

Les malades mentaux que sont les pyromanes font bien sur partis de ces criminels, par contre bien d'autres incendies répondent à d'autres critères.

Incendies entrainant une déforestation de fait en vue de rendre certains terrains constructibles, usages ancestraux de brulis pour enrichissement de la terre par amélioration de l'humus, les utilisateurs de cette dernière technique ne tiennent pas toujours compte du sens des vents dominants ainsi que la planéité des champs.

En effet sur des terrains pentus, le but recherché est annulé par le phénomène d'érosion du aux pluies d'orages qui emmènent vers les ruisseaux et rivières l'humus tant recherchée.

Gigantesques incendies pour transformation d'hectares de forets en plantations soit pour le palmier (pour l'huile de palme), soit pour la canne à sucre (pour les biocarburants), soit pour l'élevage intensif de bovins.

D'autres incendies, beaucoup plus cyniques, forcent aux déplacements de populations, de tribus, non-conformes aux critères ethniques ou religieux d'Etats totalitaires.

Il est vrai que la nature participe aussi indirectement aux gigantesqucs incendies qui sont engendrés par la foudre des orages, ces forets se régénèrent ainsi mais sur des cycles beaucoup plus longs que les destructions humaines.

Déforestations :

Elles sont bien sur une des causes indirectes des incendies, mais en grande majorité, l'action est définie dans son nom : Déforestation.

C'est l'élimination des forets en déboisant celles-ci selon des méthodes industrielles de planification.

L'homme n'utilise plus sa hache ou sa scie, mais des machines ultra sophistiquées qui coupent et tronçonnent directement en plusieurs tronçons chaque arbre. L'ébranchage fait aussi parti de cette opération de coupe.

La différence avec les incendies parfois involontaires, le profit est ici double : le gain amené par les ventes de bois d'arbres, parfois même d'essences rares et bien sur les futures possibilités de grandes cultures (palmiers, cannes à sucre, élevages bovins, production de cocaïne), avec en corolaire la disparition de la faune, par exemple les orahoutans en Indonésie.

Les Armes Sismiques :

Après l'éclatement de l'URSS dont la chute du mur de Berlin fut l'acte final, beaucoup de scientifiques de l'ancien bloc soviétique se retrouvèrent sans emploi donc au chômage sans aucune subvention.

Tous leurs laboratoires fermèrent les uns après les autres faute de financement.

Les occidentaux profitèrent du climat délétère des années 90, du bradage des sociétés de technologie de pointe et enrôlèrent les meilleurs scientifiques maitrisant les techniques les plus sensibles.

Ces scientifiques n'hésitèrent pas à divulguer quelques secrets militaires moyennant un poste dans un laboratoire occidental.

D'autres plus imaginatifs firent la promotion de leurs travaux et inventions de manière plus subtile.

C'est le cas de l'arme dite sismique « **Pamir** » générateur MHD (magnétohydrodynamique) d'après son concepteur, qui serait capable de générer des micros séismes, en envoyant des ondes dans les cavités terrestres.

Du temps de la guerre froide et avec la probabilité de l'anéantissement de la planète par des missiles balistiques à tètes multiples nucléaires, engendrant une glaciation partielle, les deux blocs imaginèrent des boucliers protecteurs pour se protéger de ses missiles. Les missiles anti missiles n'existaient pas encore.

Les scientifiques et ingénieurs russes eurent ordre de résoudre le problème de créer un bouclier de protection au dessus de Moscou.

Des générateur MHD Pamir furent construits et installés tout autour de Moscou.

Ils envoyaient non pas leurs ondes vers le sol mais vers le ciel, ces ondes électro magnétiques à hautes énergies devaient désintégrer l'électronique embarquée des missiles balistiques, leur guidage devenant inopérant, ils devaient donc disperser leurs ogives ailleurs qu'au dessus de Moscou.

Assistons-nous à la désinformation d'un concept utilisé à d'autres fins ?

Le Projet HARRP :

Projet « militaire » américain le plus emblématique, pour notre compréhension, il sera décortiqué en plusieurs thèmes, car vu son emplacement géographique il doit permettre de remplir plusieurs missions.

– communications sous marines :

– pour ces communications ce sont des ondes basses fréquences utilisées (VLF), ces ondes doivent être puissantes, au moins pour communiquer avec les sous marins à propulsion nucléaire circulant sous la banquise.

– action sur le climat :

– l'envoi de micro ondes à haute énergie vers l'ionosphère, celle-ci servant de réflecteur et d'amplificateur, permettrait de dévier voire d'augmenter la trajectoire des ouragans qui frappent tous les ans à la même époque la cote Est des Etats-Unis.

L'idée étant d'évacuer les ouragans vers les Caraïbes et non sur la Floride.

Ce machiavélisme n'a-t-il pas créé la catastrophe de l'ouragan Katrina, en effet celui-ci s'est renforcé en entrant dans le golfe du Mexique avec une température de la mer plus chaude.

– parapluie anti-missiles :

– comme les Russes, les Américains ont la hantise de se protéger des missiles balistiques, l'Alaska est un état américain, il se trouve à quelques minutes d'un tir de missiles balistiques Russes à tètes multiples.

Les radars d'alerte lointaine d'anti-missile d'Alaska n'auront jamais le temps de la mise en place d'une réponse adaptée par un missile anti-missile, sans compter au déferlement des tètes multiples.

Afin de résoudre ce problème, l'ensemble des antennes sont orientées vers la troposphère, celle-ci servant de miroir. Chaque antenne envoie ces ondes de détection vers une zone géographique bien définie du pays voisin, comme un maillage quadrillé. C'est le principe à grande échelle du radar troposphérique qui permet une détection par le dessus de tout engin se déplaçant à n'importe quelle attitude. Dans ce cas l'obstacle de la rotondité de la terre est supprimé, la surface de détection d'échos étant aussi plus importante que celle d'un radar classique.

Pour cela le projet HARRP doit permettre de créer au dessus de l'Alaska et du pole arctique, un parapluie demi sphérique avec un environnement contenant des micro ondes à hautes énergies.

Le but étant le même que le générateur MHD « Pamir », désintégrer l'électronique embarquée des missiles balistiques ennemis dans la stratosphère (1000 km d'altitude).

Pourquoi augmenter la puissance des micro ondes : les progrès de durcissement des électroniques embarquées (CEM) ont rendus ces systèmes moins vulnérables à ces ondes électromagnétiques.

Une autre possibilité avec une puissance supérieure, c'est de neutraliser dans l'espace les initiateurs pyrotechniques des ogives nucléaires (détonateurs de bombe A servant à déclencher une bombe H).

En cas de détection probable et validée d'attaque ennemie par des missiles balistiques, le système envoie par slaves une succession d'énergie à micro ondes dans l'espace et avec des fréquences variables.

Probablement lors des essais de mise au point du projet HARRP, les slaves électromagnétiques envoyées dans l'espace ont eu pour conséquences un dérèglement atmosphérique du climat.

– autre possibilité :

– convaincre les dirigeants US à l'augmentation de la puissance du système, afin de permettre l'exploitation du gaz et pétrole du sol de l'Alaska.

Les pétroliers se frottent les mains d'avance, ayant l'appui des militaires.

– Armes neutroniques :

– Pour mémoire la France n'a rien à envier aux grandes puissances à propos des armes neutroniques.

Dans les années quatre vingt, un projet dénommé « HADES » avait comme but de développer un système d'armes comportant une semi-remorque mobile emportant un missile tactique moyenne portée (480 km) équipé d'une bombe neutronique.

Après de nombreuses protestations notamment des Allemands, le programme fut arrêté.

Cette arme devait remplacer le « PLUTON » missile tactique d'une portée de 120 km monté sur un châssis d'AMX 30, ce système devenant obsolète.

Cette bombe neutronique devait anéantir tout le monde vivant, humains compris et ne pas toucher aux infrastructures.

Bibliographie

– Catherine Wheeler : *Incendies de Forets*

– Joëlle PENOCHET : *La Géo-ingénierie*

– JP Petit : *extrait Armes Sismiques*

– Le Figaro : *Les Guerres climatiques*

– Le Figaro : *Mangeons mieux*

– La Tribune : *GIEC*

– Luc Mampaey : *extrait rapport du GRIP (projet HARRP)*

– Mickaël GOLAN : *extrait Projet HARRP*

– Wikipédia : *biblio de Nicolas Machiavel*

– Wikipédia : *Déforestation (suite)*

Table des matières

Cet ouvrage a été composé par Edilivre
56, rue de Londres – 75008 Paris
www.edilivre.com

Tous nos livres sont imprimés
dans les règles environnementales les plus strictes

Imprimé en France, 2010
Dépôt légal : Mars 2010